世界でいちばん不幸で、いちばん幸福な少女

今岡清

早川書房

世界でいちばん不幸で、いちばん幸福な少女

目次

本書は、『グイン・サーガ・ワールド』1～8の連載
「いちばん不幸で、そしていちばん幸福な少女」を、
大幅に加筆修正したものです。

まえがき

本書をお読みいただく前に、まずお断りしておきたいことがあります。

ひとつは、本書では私は栗本薫・中島梓を私の奥さんと書いています。ふつうなら妻と言うところなのかもしれませんが、私には妻と呼ぶことはできません。たぶん、妻という言葉にまつわる――と私が感じている――夫に従う存在というニュアンスがしっくりこないのかもしれません。また、私にとっては生活を共にし、個人的な記憶に満ちた私の奥さんを栗本薫・中島梓として書くことは出来ません。そこでいつものように、妻でも栗本薫でも中島梓でもなく、私の奥さんという書き方をすることにしたのです。

そしてもうひとつお断りしておきたいのは、本書は伝記や評伝などというものではありません。そうした分析的なものを書くには、私の奥さんへの評価は情緒的に過ぎるように思います。それに、伝記が書かれるとしたら私は登場人物のひとりになってしまうわけです。登場人物によって書かれた伝記など客観性の保証が出来ませんから、信用の出来ようはずがないと思うわけです。本書は私が三十年の歳月を共にした奥さんについてのあれこれを、思い出すままに書いたものです。

本書のタイトルは、むかし私が奥さんに言った言葉です。いつのことか覚えてはいませんが、私は奥さんにこう言ったことがありました。

「もしもあなたがいなくなって、そうして私があなたのことを書くとしたら『世界でいちばん不幸で、いちばん幸福な少女』というタイトルになるだろうね」

ことさら意識することなくペン先から、後にはキーボードから文章が奔流のように流れ出て、小説の世界を思うがままにあやつっていく全能感に満ち溢れているその様子は、まさしく世界でいちばん幸せとしか言いようがありませんでした。

一方で文学賞を受賞し、多くのベストセラーを出して作家として成功したことは、少女にとっての幸せではありませんでした。精神を病み、自分自身を認めることが出来ず、摂食障害も抱えていた奥さんにとっては、生きていることそのものが苦行でもありました。しかも幸福と不幸のどちらも少女のもの、大人になることのない少女の持つ幸、不幸なのでした。はじめのうち、私の奥さんは自分がそうした存在であることに気づいていなかったようでしたが、次第に自分自身が病んでいると気づき、そこから抜け出そうともがき苦しんでいたのです。

その苦しみも二〇〇九年の五月二十六日にすべて終わりました。

私はその奥さんの思い出を、『グイン・サーガ・ワールド』というムックに「いちばん不幸で、そしていちばん幸福な少女」というタイトルで八回にわたって連載しました。この連載は加筆の上で単行本にまとめることになっていましたが、なかなか着手することができずに時間ばかりがたっていき、気がつけば私も七十歳、古希を迎えてしまいました。

家族を喪った悲しみの記憶も少しずつ薄らいでいきました。それと共に、私はなんという人、なんという才能と一緒に暮らしていたのだろうという、いまさらながらの驚きのようなものがいや増してきました。

いま書かねば私の知っている私の奥さん、世界でいちばん幸せでいちばん不幸な少女の存在は忘れられていってしまう、こんな人が居たということを残しておきたいという気持ちは次第に強くなってきました。たぶん、奥さんが亡くなってから十年という時が流れて、私の記憶も次第に失われていっていることが焦りにもなっていると思いますし、すでに古希を越えた私がいつまで文章を書いていられるだろうかという不安もあります。

そうして、ようやく本書が出来ました。

作家としての評価については当然のことながら毀誉褒貶《きよほうへん》もあるでしょう。しかし、私の奥さん、中島梓・栗本薫のような存在はまさに稀有だと思います。「世界でいちばん不幸で、いちばん幸福な少女」がこのようにしてあったことを伝えることが出来ればとねがっています。『グイン・サーガ・ワールド』の連載の際のタイトルは、「いちばん不幸で、そしていちばん幸福な少女」でした。自分の奥さんについて「世界で」というのはどうだろうという、気後れのようなものがあったためです。しかし、それからずいぶんと時間がたったいまは、やはりこの話は奥さんに言ったとおり「世界でいちばん不幸で、いちばん幸福な少女」でなければと思うようになりました。

約束

私と奥さんのあいだには、いくつもの約束がありました。

結婚生活というものをやっていれば、どの夫婦にもそれぞれの約束事というのはあるものでしょうが、私たちの場合にはちょっと変わったところも多かったような気がします。

ささいなことですが、こんな約束もありました。台所のシンクの縁が濡れていないようにいつでも拭いておくという約束です。なにしろ百五十センチにも満たない奥さんの身長だと、胸のあたりがちょうどシンクの縁のあたりにきてしまいます。そのために、私が洗い物をした後で拭かずにそのまま放置しておくと、それに気づかずにシンクに近づいた奥さんの服が濡れてしまうというわけなのです。

平均身長が飛躍的に伸びてきたいまの時代、私もけっしてそんなに長身とはいえませんが、それでも私と奥さんとでは二十六センチの身長差があります。二十六センチというとかなりのもので、洗面所の鏡の前にいる奥さんの後ろに私が立つと、私の頭がまるまる奥さんの上に出てしまいます。そんなときに、私は奥さんの頭の上に自分の頭を載せて、トーテムポールごっこなどとふざけていたものでした。

天狼プロダクションの事務所が三田にあった頃は、こんな約束もありました。仕事が終わるとまず事務所を出るときにこれから帰りますと電話をします。そこで奥さんは夕食の準備を始めます。事務所の近くの田町駅から山手線で目黒駅まで行き、そこからバスで家の近所まで来るとまた電話をします。バス停から家までは五分くらいのものなので、その電話を合図に配膳をするのでしょう、私が家に帰り着くと夕食の用意はすっかり出来上がっているのでした。私が出来たての料理が食べられるようにという思いやりもあったのでしょうが、なにごとにつけても手際よく物事を進めたい人でしたから、タイミングよく料理を出せることの気持ちよさもあったのだと思います。

ひと頃「カエルコール」などと言われて、帰宅するときにいちいち電話をすることを嫌う人や揶揄《やゆ》する人もいましたが、私は奥さんの料理の段取りに協力していると思っていましたから嫌なことはありませんでしたし、逆にあまりこまごまと電話するので鬱陶《うっとう》しがられることもあったような気がしないでもありません。

奥さんの執筆にかかわることで、約束というよりは私が気をつけていたことというのもあります。

あるとき、奥さんが小説のアイディアについて話し始めたときのことです。具体的にどんな話をしたのかまったく覚えてはいませんが、そこで私はちょっとした感想のようなことを口にしました。ところが奥さんは、まだまったく形をとっていない、少しふれたら壊れてしまうものがなにか言われたことで消えていってしまったというのです。私は感想を聞かれたのかと思って返事をしたのですが、奥さんはどうも独り言のように思い浮かんだことを口にしただけだったようです。

それ以来、奥さんがそうしたことを口にしたときにはどう返事をするか細心の注意を払うようになったのですが、これは編集者だった私にとってとても貴重な経験でした。そのことがあってから、奥さんに対してだけではなく、ほかの作家と話すときにも、壊れやすい状態になっているかどうかを見きわめる習慣がついたのです。その習慣は編集者の仕事をやめてからもずっと続いていて、人の話を聞くときにはいまでもそのことを意識しているような気がします。

奥さんの闘病中にはこんな約束もできました。

ずいぶんぐあいが悪くなったころのことです。私がなにか楽しかった思い出を話しはじめたところ、そんな話をすると悲しくなるからやめてくれないかと言われました。思い出話をしないということも暗黙の約束になり、それからはごく日常的な話や、もちろん深刻な話をすることもありましたが思い出話をすることはなくなりました。

もっとも、これは後で義母から聞いた話ですが、亡くなるしばらく前に、奥さんとも親しかった義母の友人に、この世を去る覚悟をしているというような内容の手紙を書き送っていました。その手紙を読んだ友人は悲しみのあまり一日泣いていたということです。決して近づいてくる死という運命から目を背けていたというわけではなく、覚悟はしていたのでしょう。ただ、私と昔のことを話してしまうと、さまざまなことが思い出されてたまらなかったのだと思います。

いろいろとあった約束のなかでも、いちばん大切だったのは私が奥さんよりも長生きをするというものでした。

平均寿命は女性のほうが長いわけですし、そもそも私は奥さんより五歳年長です。順当にいけば私のほうが先に寿命がくるわけなのですが、それでも何があろうと自分より先に死ぬようなことがあってはいけないと奥さんは言うのでした。

私の奥さんはとても淋しがり屋でした。それに、依存傾向もじつはかなり強かったのです。

作家として非常に成功していましたし、著者校正などで編集者と激しいやりとりをすることもあって怖い作家、扱いにくい作家と思われてもいました。評論家として時流に媚びることのない論を展開したり、あるいは自己主張の強い役者やスタッフばかりのカンパニーを率いて舞台を作ったりしていたことから、勝ち気な独立独歩のタイプだと思われがちでしたし、本人もそのような役割を演じているところがありました。

しかし、こんなことを書いてはきっと激怒してそんなことは絶対にないと言いそうな気がしますが、奥さんは両親からは乳母日傘《おんばひがさ》で育てられ実家で暮らして家を出ることもなく、結婚をしてからは私と住んでいましたから一人住まいの経験はまったくありません。出張や旅行などで長期間——といってもせいぜい一週間ほどです——私が家を空けるときはいつも実家に行っていました。そういう人でしたから、息子がいるとはいえ、私が死んで後に取り残されるということは考えられなかったのでしょう。

この約束がされたのは、奥さんのがんとの闘病が始まってからのことではありません。いつのことだったか、まったく覚えていないのですが、昔、乳がんで入院したときでもありませんでした。さらにその前だったような気がします。もしかしたら、結婚したころからの約束だったような気がしないでもありません。

キタは友達もいっぱいいるし、みんなと楽しくやっていけるから、私がいなくなったってやっていけると奥さんは折にふれて言っていました。私がそれほど人とうまくやっていける人間かどうか、それははなはだ疑問です。自分でも若い頃はそれなりに世渡りが出来る人間だと思っていましたが、いまになってみると決してそうとも思えません。それでも、一度として一人住まいをしたこともない奥さんが一人取り残されることを考えるとほんとうに心配で、私が先に死ぬことなど考えたくもありませんでした。

そういうわけでしたから、私が奥さんより長生きをするというのは、約束というよりも二人ともそう決めてかかっているようなところがありました。でも、まさかその約束があのような形でとつぜん果たされることになるとは思いもしませんでしたが。

ちなみに、このキタというのは奥さんが私を呼ぶときの呼び方です。SFファンだった学生のころ、長髪で前髪がいつも額にかかっていた私はキタロウと呼ばれていました。早川書房に入社して編集をやるようになってからも、ファン時代の仲間だった作家や編集者からはその名前で呼ばれることが多かったのです。SF作家の仲間入りをした当時の私の奥さんは、皆が呼ぶようにキタロウと呼び捨てにするのもはばかられたかして、キタさんと呼ぶようになりました。結婚してからは「さん」が取れてキタと呼ぶようになりましたが、そのために、私の義父母や当時奥さんの家にいたお手伝いさんまでも、やはり私のことをキタさんと呼ぶようになってしまいました。

もっとも、編集者時代でも私がキタロウと呼ばれることはだんだん減っていき、やがて奥さんとその家族だけが私をキタ、キタさんと呼ぶようになりました。義父が亡くなり、奥さんの家にいたお手伝いさんも亡くなり、とうとう奥さんもいなくなってしまったものですから、いまでは私をキタさんと呼ぶのは義母だけとなりました。

村のお話

私の奥さんは不眠症の傾向があり、夜はなかなか寝つくことが出来ません。そこで新婚時代には、こんな就眠儀式がとりおこなわれました。

なにかと言えば、私が奥さんに子守唄を歌ってあげるのです。ゆりかごの歌とか、眠れよい子よとか、ほんとうに幼い子供に歌ってあげる子守唄です。奥さんはそれを聞きながら安心して寝つくことが出来るというわけなのですが、そうそううまくいかないときもありました。

もちろん、なにかもめていたり口論をしているような時は論外ですが、妙に気分がよくてしかも寝られないときなどは、まるで寝つくのを嫌がっている子供を相手にしているようなことになってしまいました。なにが起こるかというと、私が歌う子守唄をまぜっかえして替え歌を作ってしまうのです。たとえば、こんなぐあいです。

「ゆりかごの歌をカナリヤが歌うよ」と私が歌うと「ゆりかごの歌をキタさんが歌うよ、うるさい、うるさいうるさいよ」とか、「ゆりかごの綱をきねずみが揺するよ」と歌えば「ゆりかごの綱をゴキブリがかじるよ、ばっちいばっちいばっちいな」とか、ともかく機嫌よくはしゃいで寝ない子供みたいなことになってしまうのです。

しかし結婚してまもない頃の、いわば新婚夫婦だからこそ成り立っていたような子守唄の習慣はいつかなくなりました。

奥さんが芝居をやるようになり、帰宅が深夜になることが続いたりということもありましたし、息子が生まれて生活に余裕がなくなった——そもそも小さい子供が隣に寝ているのに母親に子守唄というのも妙なものでしょう——ということもありました。なにを言うにも芝居の莫大な赤字の返済に追われた奥さんは、ひどいストレスのためにいつもいらいらとしていました。しかも、そのせいだとは思いませんが、私もアルコール中毒といっておかしくない状態になっていて、家のなかがすさみ切ってしまった時期がありました。私がベッドサイドにすわって就寝まえの奥さんと話をすることはよくありましたが、そんなときも奥さんに怒りをぶつけられていることも少なくありませんでしたから、子守唄どころではなかったのです。

しかし、そうした日々も次第に落ち着き、寝室での話も穏やかなものになっていきました。

そして、奥さんのストレスや精神の傷について二人で落ち着いて話し合うことも多くなり、やがて就眠儀式が復活しました。とはいえ、さすがに子守唄が復活ということはありませんでしたが、かわりに「村のお話」が始まったのです。

「村のお話」については、まずそれが生まれたいきさつを書いておかなければなりません。私の奥さんは自分のことを多重人格であると言っていました。医学的に多重人格という症状であったかどうか、それは専門家の診断によらねばなりませんが、少なくともそうした要素を持っていたことは間違いないように思われます。

奥さんはエッセイなどにも書いていましたし『優しい密室』のエピソードにもありますが、高校時代、校舎の誰からも見られない物陰に古い椅子を置いて、そこでひとりで読書をしたり原稿を書くという習慣がありました。

このエピソードだけを聞くと、あまり人に馴染まない孤独な文学少女を思い浮かべるでしょう。ところが実際には、文芸部の部長をしていた奥さんは後輩達を引き連れて学校の近所のミルク・ホールに行ったり、新入生歓迎会では芝居気たっぷりに部員の勧誘演説をやって大当たりをとったりということもあったのです。

いっぽうで群集恐怖症というのでしょうか、渋谷の街を歩いていて周囲の人混みに怯えてしまい、道端にしゃがみこんで動けなくなることもあるかと思えば、芝居の演出をしているときなど、強烈なエゴをぶつけて来る役者達を相手に指示を出していたのも私の奥さんでした。私と一緒に行動するときでも、自分が主導権をとっていないと不満なときもあれば、私がいろいろなことを人任せにすると言って怒ることもありました。そうした矛盾した要素が、奥さんという一人の人間のなかに存在してぶつかりあうことそのものが、さらにストレスになってもいたようです。

また、おりおりに奥さんに襲いかかる狂気の発作——それは基本的に強烈な怒りの衝動ですが、いったんその衝動に精神のコントロールを奪われると、自分でもどうにもそれを抑えることが出来ずにいました。

ここまで書いていて、ふと思い出したのは、ずいぶん前には怒りの衝動だけでなく悲哀の衝動というものもあったことです。怒りの衝動は怒りの塊、悲哀の衝動は悲しい塊と呼ばれていました。ただ、その悲しい塊は、ある時を境にまったく姿を見せなくなりました。

いまだにその時のことは鮮明に覚えているのですが、リビングルームのソファに坐って話しているときのことでした。奥さんが悲哀の衝動にとらわれて自分の悲しみを訴えている様子を見ていて、もしかしたら訴えているのは奥さんそのものではなく、奥さんのなかで悲哀を一手に引き受けている存在があって、それが悲しみを訴えているのではないだろうかという気がしたのです。そこで奥さんにではなく、その悲哀の感情を相手に「あなたの悲しみはよくわかりますよ、ちゃんとあなたの話は聞かれていますよ」というようなことを話しかけたのです。するとその人格が、自分は理解されたという様子を見せました。じっさいのところ、どんな様子を見せたかはうまく言えませんが、ともかくそんな様子が見えたかと思うと奥さんはそのままふっと目を閉じて眠ってしまいました。しばらくして目を覚ました奥さんは、そのことをまったく覚えてはいませんでした。そして、それからというもの、悲しい塊は二度と姿をあらわさなくなったのです。

悲しい塊が消えたことで奥さんは多少は楽になったと思いますが、怒りの塊はその後もいつまでも奥さんの心のなかに居座り続け、なにか機会があると激烈な発作を引き起こしてしまいました。

そうした矛盾した行動や、衝動に突き動かされてとる行動のいちばんの被害者は私の奥さんです。本来の自分の望まない行動をしていたり、ときによっては自分の嫌いな行動をとっていたりさえするのですから、それはひどいストレスとなってしまいます。

奥さんのそうした制御できない衝動、矛盾する感情をどのようにして解決していったらよいものか、私は奥さんと一緒に毎晩のように話し合いました。

悲しい塊の消滅したことを手掛かりに、それぞれの矛盾した行動をとる主体に対していくつもの別の人格を想定しました。やがて、その人格のそれぞれがひとつの村に住んでいるという物語が次第に出来あがっていきました。

それが「村のお話」です。

奥さんがベッドに入って寝る用意が出来ると、私は枕元で小さな子供に話しかけるように語りかけます。


夜はもうとっぷりとふけてまいりましたよ。

あちらのおうちもこちらのおうちも電気が消えて、みんなねんねのお時間です。

大きなお蔵のおうちの一階では、ケチの人が金庫の前におふとんをしきましてくーくーねんねをしております。

お二階では記録の人がパソコンや電卓や、メモ用紙や万歩計や血圧計にかこまれまして、やっぱりくーくーねんねをしておりますよ。

地下のお話の人のお部屋には、小さなパソコンデスクがありまして、ちいさなベッドもありまして、小さなお話の人がくーくーねんねをしております。

レンガ造りのおとなの人のおうちには、きれいに整頓されたお机と、立派なベッドがありまして、おとなの人がすー、すーとねんねをしておりますよ。

きれいなお庭と、素敵な出窓の、女の子とピアノの人とお料理の人のおうちには、ピンクの天蓋のかわいいベッドがありまして、女の子がすやすやとねんねをしております。小さなグランドピアノと素敵なベッドのピアノの人のお部屋では、ピアノの人がすやすやねんねです。

お台所のとなりの、お料理の人のお部屋では、お料理の人もすやすやねんね。

そうして、小川をわたって牧場《まきば》にまいりますれば、やなのたちがやなのむにゃむにゃとねんねをしております。

ふんころさんたちはふんふんとねんねをしておりますよ。

柿の木ではおサルさんがハンモックでくーくーねんねをしておりまして、むしかごでは本末転倒虫がやっぱりねんねをしております。

そうしてそうしてシキワラでは、あかちゃんあずさがきもよきもよのねんねですよ。

なにしろなにしろシキワラには、ひつじさんもおりますし、とんよう君もおりますし、とんた君もおりますよ。もちろんもちろんちびひつじさんもおりまして、なかよしなかよしのバクさんもおります。

長崎からやってきたバクさんのおとうさんもおりますれば、中目黒からやってきたカピバラさんもおりますよ。カピバラさんのお友達のエイさんもおりますし。

旗の台から氷山に乗ってやってきたホッキョクグマさんもおります。

横浜からやってきたふわふわひつじさんもおりますよ。

お机の上ではへびさんがとぐろを巻いておりまして、へびさんの上には小バクさんがちょこんと乗っております。そうしてそうして、おめめくりくりのミニひつじさんは、いのししさんやティラノ君と一緒にあずさをしんぱいしんぱいと見ておりますよ。

なにしろなにしろ、みんなみんなあずさがだいすきだいすきで、みんながあずさを、おだいじおだいじいたしますからね。

シキワラとっても気持ちよく、あかちゃんあずさはきもよきもよのねんねですよ。


これをお読みになった方はさぞ驚かれたことと思います。驚かれたばかりでなく、幼児退行を見て取って不気味に思われたり、栗本薫という作家のこうした一面を見ることで幻滅をおぼえる方がいらっしゃるかもしれません。それでも、栗本薫・中島梓という社会的な存在は「村のお話」によって安心して眠ることの出来る私の奥さんの中に存在していたのです。私自身、このエピソードを書くことにためらいを感じないわけではありませんでした。それでも、私は人生の大半を共にした人がこのような人であったということを書いておきたいと思うのです。

やなのだのふんころさんだのとんよう君だのといったわけのわからないものが登場していますが、念のため解説をしておくと、やなのというのは上機嫌の奥さんが嫌だというときに「やなの」とよく言っていたのですが、ここに登場するやなのは「やなの」が鳴き声になっている生物で、ふんころさんはふんころがしです。シキワラというのはベッドの布団のことで、以前飼っていたハムスターの巣に藁《わら》を入れていたことから、ベッドの布団をシキワラというようになりました。とんよう君は羊のぬいぐるみなのですが豚に似ていたのでとんよう君と名付けられたもので、そのほかひつじさんもとんた君もちびひつじさんもバクさんも奥さんのベッドのなかにいたぬいぐるみです。このたくさんのぬいぐるみは、奥さんの棺に一緒に入りました。

「村のお話」がこのような形になったのは、私の奥さんの闘病が始まったころだったと思います。それ以前も少し違った形でやはり「村のお話」はあったのですが、おりおりに新しい登場人物が出てきたり多少話が変わったりしていました。また、就眠儀式としての「村のお話」とはべつに、奥さんの精神状態について話すときには、村の近くにある黒い森の怒りの塊についてもよく話されました。

私は奥さんがこの世を去るときには、「村のお話」をして安心して眠りについてほしいとずっと思っていました。しかし、最後の日、病院の近所の薬局にいた私にすぐに病室に来るようにと連絡があってあわてて到着したときには、奥さんは医師や看護師にかこまれている状況でした。モニターに表示された心電図の波はほとんど平らになりかけていて、奥さんの手を握って呆然としている私の目の前でその波がやがて完全に平らになりました。もっとも、その時に奥さんと二人だけだったとしても、たぶん私は「村のお話」をするどころではなかったでしょう。

　それでも前の日の夜には、すでにすっかり意識のなくなっていた奥さんに私は「村のお話」をしていました。

東横線のお話

「村のお話」が就眠儀式として話されていたことを書きましたが、そんな言葉はありませんが、朝になると話されていた起床儀式とでもいうべきものとして「東横線のお話」があります。

私の奥さんは体が凝りやすく、朝起きたときにはうつぶせになって背中から足までをマッサージする習慣がありました。マッサージそのものはずいぶん前からあった習慣だったとは思うのですが、「村のお話」が出来たころからマッサージのときにも「村のお話」の別バージョンが話されるようになったのです。

それは、こんなお話です。まず、背中を揉みながらこんな風に話し始めます。

学芸大学の駅に行きまして、改札口でパスネットをするりと通します。

スイカやパスモが使われるようになって、パスネットがなくなってからずいぶんになりますが、この話が始まった頃は、まだパスネットというプリペイドのカードが使われていました。

奥さんは作家になった頃からだと思いますが、神経症のためか電車に乗ることが出来なくなっていました。昔からそうだったわけではなかったのですが、ことにテレビに出るようになって見知らぬ人から声を掛けられたり、ひどい時には指さして「中島梓だ！」とか言われたりすることがありました。元気なときはよいのですが、落ち込んでいるときや対人恐怖が出ていたときなどはその場で動けなくなってしまうこともありました。そういうこともあって電車にはまったく乗れなくなりそれがずいぶん長いこと続いていたのです。それでも、これではまずいという気持ちもあったのでしょう、奥さんなりに努力もして、やがて一人で東横線に乗り、時には中華街までも行くようになりました。改札でパスネットを通して電車に乗ることが、奥さんにとっては大冒険でもあり誇らしげな行動でもあったのです。パスネットが廃止されてパスモやスイカになっても、やはり「東横線のお話」はパスネットでなければならなかったのです。

そして、電車はまず祐天寺に行きますよ。

祐天寺では駅前のアートコーヒーに行きまして、コーヒーと白い三角サンドを頼みます。そうして、白い三角サンドをおいしいおいしいと食べまして、それからこんどは中目黒にまいります。

こうして話しながら、奥さんを揉む手は背骨に沿ってだんだんと下のほうに降りていきます。つまり、背骨に沿って東横線が通っているという想定です。ちなみに、「村のお話」の村は背中のまんなかのあたり、そして上半分がやなのやおサルさんの住んでいる牧場で、小川をはさんでその下に女の子のおうちやおとなの人のおうち、大きなお蔵のおうちなどがあることになっていました。

ここに出てくる祐天寺駅前のアートコーヒーは、私の奥さんは一度も行ったことがありませんでした。私がときどきそこでコーヒーを飲むことがあったくらいですが、奥さんはこの「白い三角サンドをおいしいおいしいと食べまして」というフレーズがとても気に入っていたのです。でも、奥さんが亡くなってしばらくしてから祐天寺に行くとアートコーヒーはなくなっていました。

中目黒では、駅前の不二家さんが出張をしておりまして、カツ丼と牛丼といちごのショートケーキと特製エクレアと金平糖を買いまして、こんどは代官山に向かいます。

中目黒の駅前にはほんとうに不二家がありました。でも、不二家が駅の中に店を出しているなどということはもちろんありません。中目黒駅前に不二家のあることに私が気づいたのは、奥さんが二〇〇六年の暮れにひどい眩暈《めまい》のために救急車で中目黒の共済病院に運ばれ、そこで年末年始を入院して過ごすことになったときのことです。「東横線のお話」も最初のうちは、ごく尋常に駅前の不二家に行って洋菓子を買うことになっていたのですが、そのうちにいろいろな食べ物を買うようになり、そのめちゃくちゃさを奥さんも私も面白がってカツ丼だの牛丼を買うことになって、そればかりかとうとう駅のホームに出張ということになったのでした。「東横線のお話」は、それほど長いこと話されていたわけではありませんでした。二〇〇七年の暮に膵臓がんの手術をしてからというものは、うつぶせに寝ることが出来ず、しばらくは仰向けで揉んでいたのですがやがてそれも苦しくなって、いつのまにか「東横線のお話」は沙汰やみになりました。

電車は代官山トンネルに入りまして、こんどは代官山の駅に到着します。

中目黒から代官山に行く途中にはトンネルがありますが、この入り口には渋谷隧道《ずいどう》と書かれています。代官山トンネルだとばかり思い込んでいた私がそのことに気づいて、あれは渋谷トンネルなんだよと言ったのですが、奥さんは代官山トンネルでないとダメだと言い、けっきょくこの世界では中目黒と代官山のあいだのトンネルは代官山トンネルのままでした。

代官山の駅に着くと、ホームの上では加藤さんがにこにこと手を振っていて、隣の茶色い小山ではサナダさんとカイチュウさんとギョウチュウさんがやっぱりにこにこと手を振っています。

「東横線のお話」は、我が家の朝の風物詩ではありましたが、代官山のくだりを書いてしまうのはいかがなものかとも思っていました。というのも、このエピソードというのが、茶色い小山は出てくるし寄生虫は出てくるしでなかなか尾篭《びろう》な話ですから。でも、寄生虫がひところ我が家で人気だったのもたしかですし、そういう生活を奥さんと私が共有していたということを書いておきたくもなったので、あえて書いてしまいました。

寄生虫が人気と書きましたが、それは私が藤田紘一郎さんという方の寄生虫に関する著作に傾倒していたからなのです。私が奥さんに不潔恐怖症の現代社会のあり方や、免疫と寄生虫の話などをするとそれに奥さんも共鳴して、我が家では寄生虫はある種のアイドルと化していたというわけです。

加藤さんというのはジャズ・ベーシスト、加藤真一さんのことです。奥さんのミュージカル『タンゴ・ロマンティック』では加藤さんの作曲した「Old Diary」という曲を使わせていただいたり、奥さんがジャズピアノを演奏するときに共演していただいたりもしていました。その加藤さんがブログで、「昨日、肉を食べたらクソが臭くてかなわない」というようなことを書いていたのを奥さんが読んで面白がり「東横線のお話」に登場したというわけなのです。

そうして、天井からはおおやなのがやっぱりにこにこ手を振っておりますよ。

おおやなのというのは、牧場に住んでいるやなのの大きくなったもので、なぜか代官山に住んでいるみたいです。

そこでおおやなのに特製エクレアをあげると、おおやなのは大喜びをしました。

このようにして、中目黒で買った食べ物が配られていくのです。

そうして、電車は渋谷にまいります。

この頃になると、揉んでいる指は足首のあたりまでやってきます。

そうして、電車を降りるとこんどは渋地下にまいりましょう。

さて、渋地下のタバコ屋さんで葉巻を一本買いまして、こんどはフードショーにまいります。

フードショーの魚の売り場では、魚屋のおじさんがサワガニさんとしゃこしゃこと遊んでおりますよ。

なんでここにおじさんはともかく、サワガニが出てくることになったのか、いまではまったく思い出せません。ただ、結婚してから間もないころでしたか、奥さんがサワガニの空揚げを作ったことがありました。それまで動いていたサワガニが、油に放り込まれたとたんに一瞬のうちに空揚げとなって固まってしまったのがひどく印象的だったみたいで、どうもそのときの話が関係しているような気がします。

そこでそうっと近づいて、ばおっといたしますと、おじさんもサワガニさんも仰向けにひっくり返り、白目をむいて泡を吹いておりました。

またまた話は尾篭になってしまいます。このばおっというのは、早い話が放屁《ほうひ》のことです。我が家では——もしかしたら私がなのかもしれませんが——こういう話題で直截的な言葉を使うのが不得意です。ちなみに、東横線に乗車しているのは私の分身なのですが、村のお話や東横線のお話ではヘコラと呼ばれています。いつも放屁をしている人というような意味なのですが、たぶん奥さんも私もとても幼児的なところがあって、こういう話題にはひどく盛り上がっていたのでした。

そうして、用もすみましたし、そろそろ帰ることにいたしましょう。

電車はこんどは学芸大を目指して出発します。

この東横線は学芸大学と渋谷を往復するだけで、その先はありません。学芸大学に到着すると、後は車庫に戻るだけなのです。

電車が牧場に差し掛かったところで、金平糖をやなのたちにあげましょう。やなのたちは「やなの、やなの」と大喜びですよ。それから、カツ丼をおサルさんにあげますよ。おサルさんは柿の木から下りてくると、カツ丼を持ってまた木に登っていきました。

不二家で買った食べ物はこうして、牧場に住んでいるものたちにも配られるのです。そして電車はこんどは車庫に行きます。

学芸大の駅に着くと、こんどは電車は車庫にしまわれます。そうして、事務所に牛丼とショートケーキを持って行ってそろそろ食事にいたしましょう。

こうしてヘコラが食事を始めるころには、奥さんのマッサージは終わっています。体がらくになって身動きがとれるようになった奥さんは、枕元にあった獏のぬいぐるみを持つと「よく食うなあ」とか、「少しはよこせ」などといい始めます。こうして朝の「東横線のお話」は終わり一日が始まるというわけです。

村のなかでの私の分身、ヘコラというものはたぶん奥さんにとってはからかい甲斐のあるおもちゃみたいな存在だったのでしょう。私と奥さんとのあいだでは、状況によってさまざまな形の人間関係がありました。ある場合には、私は奥さんにとっていろいろな物事の障害になる邪魔な存在であることもありました。また、感性のまったく違う苛々させられる存在であったこともたしかにあります。感性という点では私と奥さんはずいぶん違っていましたし、そのためにぶつかることも決して少なくはありませんでした。おいおいにそうした話も書いていかなければならないとは思いますが、あまりそうした話から書き始めるよりは、とりあえずは楽しかった思い出、懐かしく思い出されることから書いていこうと思ったわけです。

村の世界に住んでいるのは、基本的には奥さんの分身ばかりです。ケチの人、おとなの人、女の子はみんな奥さんのなかにあるものばかりですし、やなのは奥さんの口癖から出てきたキャラクターです。おサルさんにしたところで、剽軽《ひょうきん》で言いたい放題のところがある奥さんのキャラクターのひとつで、それがたぶんユーモア小説系——というよりも悪乗り冗談小説という感じでしょうか——を書かせていたのだと思います。

その村のなかに住んでいる、外の世界からやってきたのが私の分身であるヘコラです。ヘコラは村のなかに庵《いおり》を結んで、お香を焚《た》きながらヘコをしているという設定です。そして、伽羅《きゃら》の香りとヘコの香りが混じりあったなんとも言えぬ匂いとともに村をウロウロして、みんなから嫌がられているということになっていました。でも、そのヘコラにも味方がいて、三匹やなのという三匹のやなのたちが、いつもヘコラのまわりをやなのやなのと言いながらただよっているということになっていたのです。

奥さんが亡くなった後で、私が奥さんの写真の前でお線香をあげるときにいつも思うことがあります。この香りが村のヘコラの庵に届き、そして庵の留守番をしているやなのたちは、その香りを嗅いではヘコラさんはどうしているのかなあと思いながら、やなのやなのと言っているのではないかと、そんな夢想をするのです。そして、いつになったら私がヘコラの庵に行くことが出来るのだろうかと、そんなことを考えることがあります。

でも、この村に住んでいたのはそうした楽しくて平和な者たちばかりではありませんでした。私の奥さんを苦しめていた狂気、怒りそのものといったものもやはり住んでいたのです。

村のお話の眼目のひとつは、そうした狂気や怒りを「村のお話」という童話めいた世界に閉じ込めることによって矮小化させてしまうということもあったのです。

料理の話

奥さんと料理については、私が退院して家に戻ったときのことを書いておかなければなりません。

私は悪性腫瘍のために胃の全摘手術をしましたが、その入院中に自宅療養していた奥さんは、病状が悪化して私と同じ病棟に入院することになってしまいました。奥さんを病院に残して退院した私が家に戻ると、カーテンの引かれた薄暗い家のなかでは、郵便物や届け物がテーブルの上に山積みになっていてすっかり荒れ果てた様子でした。

留守にしていた家のなかをひとわたり見まわった私は、台所のガスレンジのところに糠《ぬか》を吹きこぼした跡があるのに気がつきました。レンジは私がいつもきれいにしていましたし、入院するときには見た覚えがありませんでしたから、私が入院した後に奥さんが吹きこぼしたのでしょう。たぶん、奥さんは大好きなタケノコの季節が来たので、これまでの年と同じようにタケノコを茹でていたのだと思います。

もっとも、吹きこぼしはタケノコのせいでしょうが、奥さんはそればかりを料理していたわけではありません。私が入院する直前まで私と義母と息子のために、私が入院してからも義母と息子のために毎日料理をしていたのです。亡くなるひと月ほど前のことでしたから、病勢はかなり進行していました。いつも体のあちこちが痛み、足も腹水がたまってむくみ切っている状態でしたから料理をするのも大変だったはずです。それでも、家族のために料理することをやめようとはしませんでした。

いま思うと、料理というのは奥さんにとって、小説を書いたり作曲をしたりすることと同じように大切なことだったのかもしれません。料理もまた、小説や作曲とおなじように物を作るということだというのがその理由のひとつ、そして料理を作ることによって世界と自分の存在が繋がることがもうひとつの理由だったという気がします。

たぶん、苦しい闘病の日々ですら——もう自分ではとても食べられないような料理を——作っていたのは、後者の理由だったのでしょう。料理は奥さんには愛情や好意や献身の発露を意味していたと言ってもたぶん間違いではないと思います。

そんな理屈はべつとして、とにかく奥さんは料理を作ること、ことにお客をするのがとても好きでした。

正月は大勢の客を迎えての大宴会が決まりとなっていました。この宴会はまだ赤坂の小さなマンションに住んでいた新婚時代に、バンドの仲間や編集者が集まったのが始まりです。以来、毎年欠かさずにこの正月宴会は行われました。『炎の群像』の公演があった翌年などは、常連の編集者や友人ばかりでなく出演した役者たちも集まってきたので総勢三十人を越えてしまい、食事にありつけない人が近所のラーメン屋に食べに行くという騒ぎにまでなってしまいました。そこまでいかない年でも、二十人を越えることは珍しくなく、靴も玄関には置ききれないので廊下に新聞紙を敷いてそこに並べ、リビングルームのテーブルにはもちろんおさまりませんから私の仕事部屋から寝室、廊下まで人があふれることもままあったのです。

このお祭り騒ぎは、暮れに広尾の明治屋に行って食材を買いそろえるところから始まります。ローストビーフ用の一・五キロの牛肉の塊をはじめ、魚やら野菜やらを思うさま買っていくというのは、それだけでも気分が盛り上がるものでした。

年が明けて元旦は奥さんの実家に年始に行き、二日は私と息子が横浜の私の実家に年始、そのあいだに奥さんは翌日の準備を始めます。

きんとん、田つくり、かまぼこ、伊達巻きなどのお節《せち》料理はもちろんですが、大きな寸胴鍋でおでんが煮られたり、スペアリブが焼かれカナッペが作られ、真珠団子などの中華料理、鶏肉のレタス包み、我が家の名物料理、マグロキムチやセロリじゃこ等々が作られます。いちばんの目玉はローストビーフです。正月の宴会はローストビーフ・パーティと言われていたほどで、オーブンで大きな牛肉の塊がじっくりと焼かれて、宴たけなわとなった頃にオーブンから取り出されます。それを切り分けるのは私の役目で、焼き上がったばかりのローストビーフがみんなに振る舞われるというわけです。もっとも、奥さんは脂のよくのったローストビーフは実は苦手で、自分用にはどちらかというとパサパサなヒレ肉を焼いていました。

あまりにも人が多いときには、ローストビーフが全員に行き渡らないということもありましたが、やがて順当と言える人数に落ち着いてくると食べきれずに残るようになりました。その残ったものを翌日になってサンドイッチに挟んで食べると、それがまたたまらなく美味しかったものです。

二十年以上つづいたこの宴会ですが、二〇〇六年の暮れに奥さんは立ち上がることも出来ないほどのひどい眩暈に襲われて救急車で病院に運ばれて入院、退院したのが二〇〇七年の元旦でしたから宴会どころではなくなってしまいました。二〇〇七年の暮れから正月にかけては、こんどは築地のがんセンターでしたから二〇〇八年も正月宴会はなし。

ところが、二〇〇九年一月三日は、かなり病状が悪化していたのにもかかわらず二年ぶりに正月のローストビーフ・パーティは行われました。もっとも、ローストビーフこそ焼かれましたが、人数も十人ほど、遅い時間は体力的に無理なので、それぞれ料理やスイーツを持ち寄ってのアフタヌーン・パーティという感じでした。朝から料理を作っていた奥さんは、パーティの途中で腹痛がひどくなって寝室に引き取り、六時には散会するという会ではありましたが、それでも恒例のパーティは行われたのでした。

正月のローストビーフ・パーティのような恒例行事はべつとしても、友達が遊びに来たり編集者が打ち合わせに来たりしたおりにもいろいろと趣向を凝らした料理が出されました。

講談社のHさんは、自分の飲み代《しろ》のビールをかならず持参し、料理に舌鼓を打ちながら打ち合わせというか世間話をしていました。仲のよかった音響のIさん、照明のMさんが来るときにはいろいろと手を掛けた酒肴《しゅこう》が出されてお酒が進んでいたものです。タケノコの季節になると、かならずタケノコづくしです。タケノコの炊き込みご飯、タケノコのマリネ、タケノコの煮物、タケノコの刺身、それに私の大好物だった揚げたタケノコに青のりをまぶしたものなど、まさにタケノコ責めです。

そのほか、たしか一度だけ、冗談半分に春雨パーティというのをやったこともあります。料理にさほど関心のない私は、どんな料理が出て来たのか正直のところよく覚えてはいないのですが、たしか麻婆春雨を筆頭に春雨のサラダやら春雨を揚げたもの、春雨のスープなどとにかく思いついたものを片端から作ったという感じでした。

料理上手だったのは、たぶん子供の頃から名店と言われるような店に連れて行かれて舌が肥えていたということもあるでしょうが、小説を書くときの優れた構想力・記憶力もそれにあずかっていると私は思います。美味しい料理を食べるとそれを分析し、手順を考え、それを記憶しておいて再現するというわけですから。

ただ、欠点もないではありません。どうも量に対する感覚が弱いというか、鍋物を作るときなど食材が鍋の大きさに見合わず、気がつくと鍋からあふれてしまうようなことがありました。しょうことなしに別の鍋にあふれた分を移したこともあったと思います。本人もこの量については弱点であるとわかっているようで、大学祭でお好み焼きかなにかを作っていて、うどん粉を水で溶き始めると水の量が多すぎてしまい、それではとうどん粉を投入するとこんどは水が足りなくなり、そこでまた水を足すとうどん粉が足りなくなり……というようなことをやってしまったと言っていたことがあります。

義母の話ではお茶事での会席料理も二度ばかり作ったことがあるということでした。ことに一度などは洋風懐石なるものを出して好評だったということです。義母がこんなメモを見せてくれました。

主客　柳沢先生、連客　山崎他三名
料理　フォアグラ、ビーツ・ポタージュ、貝柱コキール、サフランライス、ベーコン巻ビーフ、シーザーサラダ

懐石としてはもちろん邪道ですが、いつもいつも同じような美味しい料理にお茶の先生も正直のところ辟易していたのでしょう、目先が変わった料理をとても喜んでいたという話でした。それなりの味でなければ口の奢《おご》ったお茶の先生や客には認められないでしょうから、もちろん美味しくもあったのでしょう。

宴会の話ばかり書いてきましたが、いつもいつも宴会ばかりやっていたわけではありません し、家族で食事をとるときはそれほど変わったものが出されるわけではありません。ふだんの料理はどんなものだったのか、この原稿執筆時点から十年も前のことですからどんなものが出されていたのか、宴会のときの料理と違ってなかなか思い出せません。ただ、奥さんは納豆を、それも昆布やオクラなどを入れたねばねばたっぷりの納豆を毎朝食べていました。料理というものではありませんが、そうして毎朝いろいろな物を入れた納豆をかきまぜていたのはよく覚えています。

そのほかにも印象的なのはロール・キャベツです。たしか結婚してからまもない頃だったと

思うのですが、お袋の味みたいなものを聞かれてロール・キャベツと答えたことがあります。お袋の味がロール・キャベツというのも妙なものですが、いかにもそれらしい肉じゃが、味噌汁、煮物などといったものは母親の料理としてあまり印象になく、私にとってのお袋の味はロール・キャベツ、それ以外にあげるとすればミートソースといったところでした。

それからは、奥さんにとって私の大好物はロール・キャベツということになりました。そして、いつの間にかお袋の味ということではなく、ただ私の好きな料理としてロール・キャベツを作ってくれました。

『転移』の四月二十三日には、翌日に胃の手術で入院する私についてこんなことを書いています。

当分旦那もうちの食事どころか、切ってしまったら重湯葛湯の世界になってしまうわけだが、あまりそういうのに未練のない人だから、「何か食べておきたいものある」ときいたら「どれだってあずさの料理だからいいよ」という。まあ、あっさりと野菜中心のものにすることにした。本当は旦那はロールキャベツだのが好きなのだが、入院する前ではなくて、むしろ、退院して元気になったときに作ってあげるほうがいいかもしれない、と思う。

この章の冒頭に書いたように、私が入院した後を追うように奥さんは入院し、そして退院することは出来ませんでした。退院した後に食べさせてやろうという奥さんの思いは実りませんでした。

『豹頭の仮面』改稿

「国立療養所多磨全生園《たまぜんしょうえん》」という施設が東村山市にあります。ハンセン氏病に罹患《りかん》した人たちが、かつてはここに隔離されて生活を送っていました。いまでこそハンセン氏病は特効薬もあり、また感染力も非常に弱い病気であることが知られていますが、かつては不治の業病として患者はこのような施設に隔離されたまま、そこで一生を過ごすことになってしまったのです。

一九八二年の三月、奥さんと私はこの国立療養所多磨全生園を訪れました。

この年の一月にハンセン氏病の患者団体、全国ハンセン氏病患者協議会（略称、全患協）からの抗議を受けてグイン・サーガの第一巻、『豹頭の仮面』は改訂版を出すことになったのです。それに至るまでにさまざまな経緯がありましたが、最終的に改訂版を出版するということになり、全患協との和解がなった後で私たちは多磨全生園で全患協の皆さんと会うことにしたのです。

　この間のこまかい経緯はずいぶん前のことで記憶も曖昧です。おそらく不正確な記述や記憶の誤りもあるとは思います。しかし、このようなことがあったということを書くことによって、私の奥さん中島梓、そしてまた栗本薫という作家がどんな人であったかを知ることが出来ると思い、記憶を掘り起こしながら書いてみることにします。

　問題となったのは、ヴァーノン伯爵という登場人物の設定でした。辺境の地に突如出現した物語の主人公グインは、新興のモンゴールに国を滅ぼされ、逃亡するリンダ王女とレムス王子を助けたのですが、モンゴールの騎士団に捕らわれてしまいます。彼らの連行されていった砦の城主がヴァーノン伯爵だったのですが、この人物が癩《らい》伯爵の異名を持つ癩病に冒された人物となっていました。さらに、作品のなかでのヴァーノン伯爵は「わしにとりついた業病は、空気にふれてひろまるので、わしは決して肌の一部さえも外気にふれさせない」「わしは、業病に脳までも侵されているせいか、ひどくひねくれた人間でな」などの台詞を言ってしまっているのでした。

　恐らく国枝史郎の『神州纐纈城』、橘外男の『青白き裸女群像』などの影響を受けたものと思いますが、もちろん先に書いたようにハンセン氏病は非常に感染力の弱い病気です。また、癩という字につきまとうイメージを避けるために、いまではハンセン氏病と呼ばれています。栗本薫には――この場合は、私の奥さんではなく作家栗本薫です――ハンセン氏病に対する正確な知識がないばかりではなく、現実に患者のいる疾病《しっぺい》としての認識もなく、フィクションの世界だけに存在するものだと思い込んでいました。

さらに問題をこじらせてしまったのは私です。これについては書かずに済ませてしまいたいという気持ちも起こってしまいますが、奥さんが辛い思いをした末に真摯に対応したことを思えば、正直に書くほかはありません。

たしか一九八一年の暮れのことだと思いますが、京都の医師の方から手紙をいただきました。『豹頭の仮面』の記述に問題があるという指摘と、それに対応するようにという趣旨でした。本来ならすぐさまこの医師の方と連絡をとり、京都までお話をうかがいに行くべき所でした。ところが、こうした事態にどう対処するべきか決めかねたまま漫然と時間が過ぎていき、やがてその医師の方から連絡を受けた全患協からの抗議ということになったのです。いま思い出しても、ほんとうに愚かであったとしか言いようのない対応でした。

訂正と全国紙への謝罪広告という全患協からの要求にどのように対処したものか、社内でも会議が行われましたが、早川書房はおもに翻訳物を出版していた小出版社で、そのような事態が起こったことはかつてなく、上司や先輩にもそのような経験のある人はいませんでした。そこで、私は知り合いの大手出版社の編集者を通じて、そのような事態に対応する担当の方を紹介してもらいました。

編集総務という部署の方のアドバイスは、ともかくも逆らってはいけない、何を言われても謝って頭をさげていなさい、そうすれば頭の上をやがて通り過ぎていくのですから、というものでした。同様の問題に直面したことのある作家の方にもお話をうかがったところ、とにかく謝っておきゃいいのよ、やり過ごすだけね、ということでした。

心配していたのは、抗議が自宅まで来るのではないかということ、あるいはその当時はまだ自宅として公表され栗本薫の表札も出ていた青戸の実家に抗議団が来るのではないかということでした。それまでまったく経験したことのない事態に、何か巨大な恐ろしいものがやってくるのではないかという恐怖にとらわれていたというのが、正直なところです。

全患協の方とまだ会う前か、あるいは交渉が始まった後だったのかもう思い出せませんが、奥さんもひどく怯えていました。どういう経緯だったか思い出せませんが、青戸の実家に行っていたときに、不安にかられた奥さんはまだ寒い時期だというのになぜか二階のベランダに出てそこで動けなくなり、いつまでも凍えた体のままうずくまっていたということがありました。私はそうした状況のなかで、なにがあろうと奥さんが全患協と直接会うことだけは避けようと思っていました。さらに、身内としての奥さんへの気持ちばかりではなく、出版社の社員として著者に迷惑を掛けてはならないという気持ちがあったのもたしかだったと思います。

初めて全患協の方とお会いしたのは、たしか早川書房の応接室だったと思います。ハンセン氏病への誤解や偏見を招く記述を強く非難されたばかりでなく、京都の医師の方からの手紙を無視した不誠実さも責められました。ただ、その時も全患協の方は、間違いを認めて謝罪をさせることが目的ではない、ハンセン氏病に対する偏見で苦しんできた患者達への偏見をさらに強めるようなことをやめてほしいということをおっしゃっていたように思います。もっとも、その時にはかなり激しい調子だったのもたしかですが、それは当然のことでしょう。

とにかく頭を下げてやり過ごせというアドバイスはあったのですが、私にはそのようにしてやり過ごすということは出来ませんでした。ハンセン氏病が空気感染をするものではないという話は実にもっともなことで、グイン・サーガの記述がそのまま放置されれば誤解がさらに広まっていくというのもその通りです。また、偏見によって故郷を遠く離れた療養所に隔離されたり、家族から引き離されて療養所で一生を過ごさなければならなかった人たちのことを思うと、おざなりな対応ですませようという気持ちにはなれませんでした。

具体的にどのような交渉があり、どのような対応をすることになったのか、はっきりと記憶にはありません。全国紙に謝罪広告を出すという要求は取り下げられ、作中の描写はフィクションとしてのものであって、実際のハンセン氏病とはまったく異なる関係のないものであるという注記を入れることで和解したのだったと思います。

たぶん、この段階だったと思います、私が奥さんに全患協の人たちと会わなければならないという話をしたのは。最終的に和解ということになれば、著者が出てこないというわけにもいきませんし、その時には私もまた、奥さんにも全患協の人たちと会ってほしいという気持ちになっていたのでした。

すでに交渉の段階は過ぎていて、いわば手打ちということであったので奥さんも会談の場に出席することを了解したのだと思います。そして、早川書房の会議室に奥さんと私、早川書房の幹部の人たち、全患協の代表の人たちが顔をあわせることになりました。会談は和やかな雰囲気で終わり、一件落着ということになりました。

後になって奥さんはその会談の席のことについて、思いがけない話をしていました。早川書房側の一人が、全患協の人に出された茶碗を触ることが出来なかったことに奥さんは目ざとく気づいていたのです。偏見というものがいかに根深く恐ろしいものであるかという話を私たちはしたのでした。実際に患者の人たちと顔をあわせてその声を、話を聞くことで、奥さんはその人達の気持ちが理解できるようになっていたのかもしれません。

自分の大切な作品に、そのような瑕疵《かし》が残る形で版を重ねることは避けたいということから、全患協との和解条件である注記という形で重版を出すことはやめました。そのかわりに本文に手を入れて、癩病は黒死病、癩伯爵は黒伯爵と差し替え、さらに改訂版のあとがきを付して新版を出すことにしたのです。

全患協からその後――あるいは和解の席で出された話かもしれませんが――ぜひ多磨全生園に来てほしいというお話がありました。患者の皆さんがどのような場所で、どのような生活をしてきたのか、また日本のハンセン氏病の歴史について知って欲しいということだったと思います。

すでに公式的な話は済んで個人的な訪問だったものですから、私は奥さんを車に乗せて二人で多磨全生園に向かいました。カーナビなどない時代でしたから、地図で場所を調べて所沢街道を走って行ったのを覚えています。園内には古ぼけた低い棟がいくつも並んでいる一角があり、そのなかで皆さんが生活をしていました。かなり重症の方もいらっしゃいましたが、そうした方はまだ特効薬が開発されなかった時代に病気が進行してしまったということで、かなりの高齢の方ばかりです。たぶん、そうした方々はあれから三十五年以上もたったいまとなってはこの世を去られているでしょう。

園内を見学した後で会議室のような場所に案内され、交渉にあたっていた全患協の役員のほか何人かの皆さんと懇談となりました。ハンセン氏病は過去の病気となっていて、新たに罹患する人もほとんどいなくなっているし、自分達も高齢でやがて全生園も必要のない施設になるだろうというお話をされ、その自分達のことを小説にしてもらえたら嬉しいという話を聞いて、奥さんもとても心を動かされたようです。

その翌日、奥さんは多磨全生園でのことについてこんなことを書いていました。小説にして欲しいというお話に、いまはまだ無理だけれども、自分がもっと成長したらと奥さんは答えていました。それは結局果たされない約束になってしまいましたが、果たすことの出来なかった約束の代わりに、せめて全生園で思ったことの書かれたメモを、あの時にお会いした皆さんへのメッセージとしたいと思います。


私にわかっていなかったのは、私がほんとうに知っていなかったのだということだった。それは何か、恐しく巨大なものだった。そして私は、そっちにむけて目が開いたことが嬉しい。

正しいつよい、高い心をもっていなくては、ほんとうの小説は書けない。しかし、正しい心とはあやまちをしない心ではなくあやまちを認めうることであり、つよい心とは、迷わない心ではなく迷ったすえにそれを吸収できることだろう。つまづきも、まどいもせずに楽々と歩いてゆくものは、決して、真の意味では試されないのだと思う。試され、恥おい姿をさらけ出し、それで立ち直ればいい。何回でも、あやまってはあやまちを知り、迷ってはおのれの弱さを知ればいい。

そして私はふしぎなことだが、Oさんというその患者の人の心の高さに深く感動したのだった。もし私が同じ立場に身をおいたとしたら、あんなふうにおちついて笑っていられるだろうか？　そして、あのような運命の人が「スベテヨシ」と云いうるのだとしたら、もはや、何ひとつ世に恐れることなどありはしない。それは口につくせないようなことだ。私はそれを知りえただけでも、本当によかった。

たしかにK（註：筆者のこと）が私にさまざまなことを運んでくるのはすべて、私を大きく、ゆたかに、そして真実に近づけるためのさだめなのだといまは確信できる。Kが力弱く力及ばなく見えることですら、終ってみると、それが私にとってもっともよかったことだとわかる。それに私は、全患協の人がKを信頼しているのを見て本当に嬉しかった——私は間違っていないのだと知って。私が一生を共にしようと決めた人間が、心高く正しい人間であると知ることができるのは、こんなにすばらしいことはない。どんなに二枚目であったり、頭がよかったりするよりいいことだ。そして、そういう人の前でだけ、私も、そういう人に私を選んだことが正しかったと思われたい、逆のことを思われたくないとつとめるだろう。

Kと私は互いにやはり運命によってここへ来たのだと思える。そして生きていることは正しい。私は何ものかにただふかく頭を垂れて「有難うございます」と云いたい。

この一文では、私があまりにも立派な人間であるかのように書かれています。たしかに、全患協との折衝については患者の方々への共感をもっていたしましたし、誠意をもっての対応を心がけていました。しかし、私は奥さんが書いているような立派な人間でないことは、自分がいちばんよく承知していますし、奥さんが私に不信感を持ったり時によっては私との結婚を後悔したことがあるのも知っています。

ただ、運がよいのかどうかわかりませんが、肝心なときには私は奥さんの信頼を得られるような行動をとってきていたようです。

全患協との対応とはまったく関係のない話ですが、グイン・サーガを編集者ごと、つまり私ごと引き取りたいという申し出がある出版社からあり、その話し合いの席に臨んだときのことでした。著者である奥さんも同席していたその席で、好条件を示してグイン・サーガを引き取りたいというお話に対して、他社で育ってきたシリーズを持っていこうというのは筋が通らないのではありませんかというような返事を私はしました。あとで奥さんは、あの時のあなたはとても立派でかっこよかったと言ってくれました。

奥さんと私はいろいろな点で感性も違えば性格も違います。その私たちがいろいろと危機的な状況はありながらもなんとか乗り越えて来られたのは、たぶんおたがいに大切に思うことについての共通点があったのでしょう。

ペットの話

ペットのいる家に育った人は、自分もまたペットを飼うようになる傾向があるようです。

私の奥さんの育った青戸の家ではインコや犬を飼っていました。編集者として青戸の家に初めて行ったときにも、チャコという名前の雑種の、けっこう大きな犬が家のなかをうろうろしていたのをよく覚えています。

私の育った家にもまた、いつもペットがいました。子供の頃は犬や猫がいて、夜になると猫が私の布団のなかにもぐりこんで来たことがよくありました。学生時代に自分でハムスターを飼っていたこともあります。このときにはつがいで飼い始めたのですが、たちまち増えてしまって往生したものでした。

そういうわけですから、私たちも結婚してほどなくペットを飼い始めました。

とはいっても、その当時に私たちが住んでいたのは赤坂の小さなマンションでしたから、犬、猫を飼うというわけにも行かず、たぶん私が飼ったことがあるからだったと思うのですがハムスターを飼い始めたのです。せっせと回し車をまわしているハムスターはなかなか可愛らしく、奥さんも気に入ってはいたのですが夜中にそれをやられるとやかましくて閉口してもいました。

ハムスターは寿命の短い生きものなので、赤坂に住んでいるあいだに死んでしまいましたが、その後で学芸大学に引っ越してからも何度か飼われました。そして、ハムスターのおかげで我が家では「村のお話」にも出てくる「シキワラ」という用語も出来たというわけです。

ハムスターを飼っていたものの、実家でずっとチャコやその先代と暮らしていた奥さんは、じつはそれでは物足りなくて犬を飼いたいと思っていました。でも、とても飼える環境ではありませんでしたから私は反対していたのですが……ある日私が会社から戻ってみると子犬が家のなかを駆けまわっているではありませんか。仰天した私がどうしたのかと聞いてみると、家からさほど離れてはいない六本木のペットショップでシェトランドシープドッグを見かけて、矢も楯もたまらずに買ってきたということでした。

それからしばらくは我が家は、大変な騒ぎになりました。

『魔界水滸伝』の登場人物から風太と名づけられたこの犬は、血統書付きの由緒あるシェトランドシープドッグとあってなかなか見栄えの良い賢そうな顔つきの犬でしたが、どうも名前がよくなかったのかもしれません。元気が良すぎるというかやかましいこと この上もありませんでした。しかも血統書付きの子犬などというものはひ弱なようで、家にやってくるとまもなくお腹をこわしてしまいました。そのために、家のあちこちに糞が散乱、しじゅう動物病院に通うということにもなってしまったのです。

そうこうするうちに奥さんが妊娠したことがわかり、さすがに犬を飼っているわけにもいかないということで風太は青戸の実家に行くことになりました。

ちなみに、青戸ではまだ家のなかでチャコが飼われていたのですが、風太はチャコを家から追い出してしまい――どうも気が強い上に気位も高かったようです、これも名前がいけなかったのかもしれません――可哀想にチャコは風太が来てからというもの、屋外で飼われるようになってしまいました。

子供が生まれてさすがに赤坂の小さなマンションでは無理だろうと学芸大学のマンションに引っ越したのですが、そこは犬猫などのペットは禁止でした。

そうでなければ、息子がある程度手がかからなくなったところで犬を飼おうということになってしまったかもしれませんが、マンションの規則ですからそうも行きません。

けっきょく、またハムスターが飼われることになり、茶色のハムスターやそれが死ぬと白いハムスターが飼われることになりました。だいぶ広いマンションになったので、夜中にいくら回し車を回しても騒音に悩まされることもありません。

犬猫はだめにしても、ハムスターや小鳥でしたらペットとしては常識的なところでしょう。ところが、ハムスターに続いて我が家で飼われるようになったのはなんとイグアナでした。

そもそものきっかけは、結婚してまもなくのころ、テレビ番組の『ヒントでピント』のなにかの記念で出演者とその家族がハワイに招待された時のことです。

アウトドア派とは決して言えない私たちは、サーフィンをしたり泳いだりするということはなく、もっぱらあたりを歩きまわって露店のタコスを食べたり土産物屋をのぞいたりしていたのですが、そうしてあてもなく歩いているうちに、とある動物園に行き当たりました。動物園の様子はまったく覚えていないのですが、いまでもありありと覚えているのがイグアナです。ケージの中に生えている木の枝に乗っているイグアナが、飼育係らしい女性の手からバナナをむしゃむしゃと食べていたのです。一メートル五十センチはあったでしょうか、見事な背びれの並んでいるグリーンのそのイグアナはまるで恐竜のようで、私たちはしばらくその光景を魅せられたように眺めていました。

とはいえ、イグアナなどは動物園にいるものでふつうの家で飼うものなどではないと思っていましたから、その時はただ眺めていただけだったのですが、やがてそうではなくなりました。

息子が生まれ、幼稚園に行くようになった頃のことです。私は息子を連れて渋谷のデパートの屋上にあるペット売り場に行きました。特に目的があったというわけではなかったのですが、熱帯魚や小動物のいるペット売り場は子供と遊びに行くには格好の場所です。

ペット売り場を息子の手を引いて歩いていた私は、そこにイグアナの幼体が売られているのを発見してしまいました。まだ体長二十センチほどで、イグアナ特有の立派な背びれもなく、ちょっと大きめのトカゲのようなものでしたが、ケージの前にはしっかり「イグアナ　￥20,000」と書かれていました。

ハワイで飼育係の手からバナナを食べていた光景がよみがえり、あの恐竜のような生物を飼うことが出来るのか、自分の手からバナナを食べるようになるのかと考えると、もうこれは飼うしかないという気持ちに私はなってしまいました。もともと、子供のころからダイノサウルスだのステゴザウルスなどの載っている恐竜図鑑を眺めたりするのが大好きな子供で、私がSFを愛読したりしまいにはSFマガジンの編集長になったりしたのも、恐竜好きだったということもあったのです。もっとも、後から知ったことですが、イグアナというのはトカゲの中でも進化の進んだタイプで、恐竜とはかなり縁遠いものではあるようなのですが。

ともかく、そのようなわけで小さな紙箱に入れられたイグアナをかかえて、私と息子は意気揚々と家に戻ったのでした。

ペット好きの奥さんも、イグアナを飼えることを喜びこそすれ反対などするわけもありません。かくして、イグアナは小さなケージからたびたび出されては家の中を歩きまわったり、野菜や果物を与えられて寵愛されることとなったのです。

息子の命名によって、このイグアナはぺっちゃんと呼ばれるようになりました。なぜぺっちゃんなのかと言うと、ペットだからぺっちゃんだということです。どうも子供の考えることというのはよくわからないものです。

ただ、このイグアナが蟻の一穴というか突破口になったというか、イグアナだけではすまないことになってしまいました。

原因の一つは作家の久美沙織さんです。いや、久美さん本人ではないのですが、ご主人の波多野鷹さんが爬虫類に詳しく、自分でもヘビやトカゲなどを飼っていて、その波多野さんから東中野に爬虫類専門のペットショップがあると教えられたのです。

さっそく我が家はぞろぞろと件《くだん》のペットショップに行ってきました。蒸し暑い店内には――両生類・爬虫類は低温に弱いのです――いました、いました。さまざまな珍しいカエルやらトカゲやらカメやらがいっぱいいたのです。それればかりか、巨大なヤスデだのタランチュラだのといった虫までもいました。

クモ・アレルギーがお留守番クモさん（一四七頁参照）のおかげで解消した奥さんも、さすがにタランチュラは駄目でそばには近寄れませんでしたが、そのほかの生物には興味津々でした。この時に、まだ甲長十センチほどだったアカアシガメという陸ガメが我が家に連れてこられたのでした。

ノコノコと名づけられた——もちろん、『スーパーマリオ』に出てくるカメからとられた名前です——の子供のころは、ほんとうに可愛らしかったです。なんでカメの幼体というのはアカミミガメにしてもスッポンにしても可愛いのでしょう。おかげで、東京タワー水族館に家族で行った時など、そこで売られていたスッポンを買ってしまう羽目になったくらいです。スッポンは成長するととても危険だから止めようと言ったのですが、奥さんと息子はこんなに可愛いじゃないかと言って頑として譲りません。仕方なく買ってきたスッポンは、果たして甲長十センチほどになったくらいで飛び上がるほど痛く噛みつくようになり、やがて指を噛みちぎる危険があるまでになりました。けっきょく、そのスッポンは人にあげてしまいましたが。

ともかくも、ノコノコのほうはイグアナに続いて我が家の人気者になり、リビングルームの床を小さな体でよちよちと歩きまわったり、与えられたキュウリをしゃくしゃくと食べているのを我が家の三人が目を細めて眺めているという風でした。

ところで、私の奥さんはなんにつけても止め処《とど》ないところがあります。小説を書けば全百巻を遥かに超えてけっきょく完結することはありませんでしたし、作曲をすればミュージカルの挿入曲なども入れれば数百曲になります。日常生活でもおなじことで、着物も洋服もバッグもアクセサリーも、ともかくいつのまにか膨大な数になってしまいます。

いったんイグアナ、アカアシガメと飼い始めるとこの二匹で終わるということはありませんでした。

たびたび東中野に出向いてはこれは可愛いと言ってモリアオガエルを買い、これは綺麗だねと言ってアカセスジガメを買い、肉食トカゲは危険だからと私は反対したのですが、これはなかなか精悍《せいかん》でよいと言ってナイルモニターという肉食トカゲを買い、そのほか金魚や鯉やザリガニまでもが我が家の住人となって、まるで動物園のようになってしまいました。

しかも餌の問題があります。小松菜やバナナを食べている草食のイグアナやカメはまだよいのですが、面倒なのはカエルです。生き餌でなければ食べないカエル達のために、初めのうちはペットショップにコオロギを買いに行っていたのですが、それも小型のカエルのためにはコオロギの幼虫、それよりも大きなカエルのためには成長したコオロギが必要です。とうとう業を煮やした私はカエルの餌の飼育まで始めてしまいました。衣装ケースに土を入れてそこにコオロギを放して産卵させて繁殖をさせたのです。

我が家のリビングルームはこうしてカオス状態になってしまいました。

もっとも、ここまでカオス化した原因を奥さんのせいだけにしてしまっては片手落ちというものでしょう。私も爬虫類・両生類は大好きなのでスッポンやナイルモニターのように危険なものには反対しましたが、たいていは一緒になって喜んで買っていました。それどころか海岸で拾ったナマコを家に持ち帰って海水の水槽でそれを飼育したり、ザリガニを繁殖させて喜んでいたのは私でした。つまりは似たもの夫婦ということだったのでしょう。

しかし、そんなことが出来たのも、私が早川書房を辞め、家事に専念していた時期と重なっていたからでした。やがて天狼プロダクションの社長として仕事を始めるようになるとそうもいかなくなってきます。そして寿命の短いものが死んでいったり、飼育が難しくてけっきょく死なせてしまったりしたものが出てきて、だんだんとリビングルームはカオス状態を脱していきました。

ところが、ある日また我が家に珍客がやってきました。

奥さんとダイエーに行ったときのことです。いまはダイエーがイオンになりペット売り場もなくなりましたが、以前はペット売り場があり、買い物に行ったときには必ずと言っていいほどそこをのぞいていく習慣になっていました。ふだんはハムスターや熱帯魚などの、ペットショップでごくふつうに売られているペットがいるだけのその売り場に、その時はなんとアヒルの雛がいたのです。手のひらにのってしまうほど小さな、黄色い雛がピヨピヨと鳴いているその様子は、ほんとうに可愛らしくてどうしようと思うほどでした。奥さんはそれを見るなり欲しくなってしまったようですが、さすがにリビングルームのカオスが復活することをおそれた私は、やめておきましょうよと言いました。奥さんは不服そうでしたが、いちおう納得してその場を離れました。

ところが、いまではなにがあったのかは思い出せませんが、買い物の途中でなにか嫌なことがあって、ダイエーを出るころには奥さんはすっかり気分が落ち込んでしまっていました。そして、「あ〜あ、今日はなんにもいいことがないなあ」とつぶやいたのです。

それを聞いた私は奥さんが可哀想になってしまい――また、自分でもアヒルが可愛くてたまらなかったというのもあったのでしょうが――奥さんを連れてペット売り場に戻るとアヒルを買ってしまいました。

今岡アヒルと名づけられたこのアヒルの可愛いことといったらありません。お風呂に水を張って入れてやると、ピヨピヨと鳴きながらまるでおもちゃのアヒルのような姿で泳いでいます。それればかりか、このアヒルは私の後をいつもついてまわるのです。生まれて間もなかったアヒルは、面倒を見ていた私のことを親だと刷り込みされてしまったのかもしれません。最初はいちおう反対していた私が、もうこのアヒルが可愛くてたまらなくなってしまいました。

アヒルは順調に成長をして、黄色かった羽は真っ白になり立派なアヒルになりました。さすがにその大きさになると家のなかで買うわけにもいかず、犬用のケージを買ってきてベランダに置き、夜はそこで寝るようにして昼間は衣装ケースを水槽代わりにしたもので水浴びをしたり、ベランダを歩きまわったりしていました。

アヒルは鳴き声がやかましいのではという人もいましたが、我が家のアヒルはグワグワと言うくらいでやかましく鳴き立てることもなく、散歩に連れて行けば私の後をグワグワと言いながらついてまわるのですから、可愛さはいやますばかりです。

そうこうしているある朝、アヒルのケージのなかに卵があるのが発見されました。我が家にやってきたアヒルは雌だったのです。

鶏の卵に比べると少し大きな卵は、食べてみると味も鶏よりも多少大味な感じはしましたが、なにしろ産みたてです。しかも、餌はペットショップから買ったものですし、それに八百屋で買ってきた小松菜を細切れにしてまぜているわけですからどんなものを食べているのかの心配もまったくありません。ほぼ毎日のようにして産み落とされるアヒルの卵を、私は美味しくいただいていたのでした。

雌だとわかったので今岡アヒルは今岡アヒ子と名前を改められ、近所の碑文谷《ひもんや》公園の池でボートに乗った私たちのまわりをアヒ子が泳いでいるということもありました。もっとも、池にアヒルを連れていくことについてはすぐに公園の管理の方から止めるように言われてしまいました。アヒルや鴨などもたくさんいたその頃の池で、外からアヒルを連れてきたりすると池の鳥たちとのあいだでトラブルがあるというのですが、何度かボートのまわりで遊ばせていたのに何も起こらなかったので、私はいまだにそれについては不満です。

しかし、そうしたアヒ子との楽しい日々はほどなく終わってしまいました。あるとき、羽根もたくさん抜け落ちたアヒ子がぐったりとしていたのです。

アヒルでも扱ってくれる動物病院に連れて行って診断してもらうと、卵詰まりを起こしているということでした。卵が卵管の途中でひっかかってしまい、そこが炎症を起こしてしまったのです。さっそく入院して開腹手術ということになりました。手術は無事に成功して、退院までのあいだに私は何度かアヒ子の見舞いに行ったのですが、その時のアヒ子の様子はいまでも忘れることが出来ません。面会の部屋というのがその病院にはあって、そこで待っていると病院のスタッフに抱えられたアヒ子がやってきます。たぶん、怖い思いもし、とても辛かったのでしょう、アヒ子は膝の上で最初はグワグワと鳴きながら私をクチバシで突いたりいやというほど噛みつくのです。でも、しばらくそうした後で気が済んだのか、やがて大人しくなりました。そして、そのまま二、三十分も静かに膝の上にのせられていました。

ようやく退院して、これでまた楽しい日々が再開されるかと思っていたのもつかの間、こんどは水かきのついた足から出血をするようになってしまいました。動物病院に連れて行くと、水鳥は足が弱いのでたぶん地面を歩いているときに傷をこしらえてしまい、そこから黴菌《ばいきん》に感染して炎症を起こしているのだろうということでした。

炎症がひどくなってしまい立つことも出来なくなったアヒ子は、ペットシーツを底に入れた衣装ケースのなかで生活するようになりました。朝になると糞がいっぱいの衣装ケースから出してやり、風呂場に連れて行って体を洗ってからドライヤーで乾かし、衣装ケースも洗ってからまたペットシーツを敷き詰めてそこに入れてやるという日々が始まったのです。

ドライヤーで乾かした後で膝の上に抱かれたアヒ子は、長い首を私にからみつけてきて甘えるようになりました。なかなか大変ではありましたし、アヒ子にとっては辛い日々だったと思いますが懐かしい、ある意味で甘やかな日々であったともいえると思います。

その頃、私は天狼プロダクションの社長として芝居のプロデュースをしていたのですが、公演があってアヒ子の面倒を見られないときには動物病院に預けていました。卵詰まりや足の炎症でたびたび入院していたものですから、すっかり病院の常連となっていたアヒ子はなかなかの人気者にもなっていたようです。病院に連れて行くとスタッフの人たちがアヒ子ちゃんアヒ子ちゃんと迎えてくれました。

目白にある小さな劇場での公演があったときのことです。いつものようにアヒ子を病院に預けて、私は機材を積み込んだワゴン車を運転して劇場に向かっていたのですが、そこに病院から電話で、アヒ子ちゃんが亡くなったと連絡がありました。劇場に到着して機材を下ろしたりスタッフに指示を出したりしているあいだも、アヒ子のことが頭を離れませんでした。しかし、仕事場でプロデューサーがそんなことにかまけている様子を見せるわけにはいきません。仕事が一段落したところで動物病院に行くと、目を真っ赤にしたスタッフの人がアヒ子の入った箱を渡してくれました。

イグアナをはじめとして陸ガメ、アヒルと、ふつうの家庭ではあまり飼われることのないペットがずいぶん飼われていた我が家ですが、ヘビだけはいませんでした。奥さんも息子も、べつにヘビが嫌いというわけではありません。それどころか、久美沙織さんと波多野鷹さんの軽井沢のお宅に奥さんと息子が遊びにいったときなど、そこで飼われていたヘビと遊んでいたほどで、出来ればヘビも飼いたいとは思っていました。問題は、以前の奥さんの秘書さんがヘビを見ると卒倒するというほどのヘビ嫌い、というよりもヘビ・アレルギーと言っていいほどで、飼うわけにはいかなかったのです。

その秘書さんも辞めて、飼えない理由もなくなってから数年の後のことですが、我が家の近所にヘビ専門店が出来たのです。私たちはさっそくその店をのぞきに行くと、ストライプド・コーン・スネークというヘビの子供を買って帰りました。クリクリとした目の子ヘビはたちまち我が家の人気者になりましたが、このヘビがやってきた年の暮れに奥さんはがんの手術をし、退院後も転移が発見されて闘病の日々を送ることになってしまいました。

鳴き声もなく静かに這って移動するか、ケージのなかでとぐろを巻いておとなしくしているこのヘビは、苦しい闘病生活を送っている奥さんにはとてもよい遊び相手になったようです。苦しくて体も思うように動かすことの出来なくなっていた奥さんは、ヘビ遊びと称してソファにすわってヘビを自分の体の上に這わせて遊んだりしていました。べつにヘビに向かって奥さんが話しかけるでもなく、もちろんヘビもなんの愛想をするでもなくただ腕の上を這いまわり、それを奥さんがちょっと持ち上げたり肩の上に持っていったりして、ヘビは嫌がるでもなく逆らうでもなく静かに這いまわっていました。

奥さんが亡くなった翌年、このヘビはまだ若かったというのに突然血を吐いて死んでしまいました。たぶん、なにかの病気だったのでしょうが、特に思いあたるようなこともなく、どうしてしまったのだろうと言っていた私に息子がこう言いました。

「お母さんはあのヘビが好きだったから、連れてっちゃったんだよ」と。

黒い森

レディー・ガガという歌手が太った姿をゴシップ誌に酷評され、それに対して彼女が「ボーイフレンドは丸くなった私の方を好きでいてくれる。これが私だから。どんな体形でも自分を誇りに思う」と自身のファン・サイトで語っていたという記事を読んだことがあります。

この記事を読んだ私は、思わず涙がこみあげてくるほどに感動してしまいました。それは、私の奥さんをずっと苦しめ続けていた狂気のメッセージに対する、断固とした、力強い反撃だったからです。

私の奥さんは、痩せていなければ価値がないというメッセージに苦しめられていました。理性では不合理だと思いながら、しかしそのメッセージによって奥さんは自分には何の価値もない、そんな見苦しい姿では死んだ方がましだという考えにおびやかされつづけていました。

たぐいまれな才能を持った栗本薫という作家として、グイン・サーガをはじめとする膨大な著作を執筆し多くの読者の称賛を浴びていながら、そうしたプラスの面はすべて「痩せていなければ無価値」という囁きによって一瞬のうちにゼロに帰してしまうのです。栗本薫という存在が無価値であるなど、まさに狂気の沙汰としか言いようがありません。しかし、その狂気が私の奥さんの一生を苦しめつづけていました。

考えすぎなのかもしれませんが、私の奥さんががんによって早逝《そうせい》してしまったのも、もしかしたらこの狂気によってもたらされたストレスと、それによる免疫力の低下が原因のひとつなのではないかという気さえします。がん細胞はどんな人の体の中にも生じますが、通常は免疫作用によって破壊されます。しかし、免疫力が低下するとがん細胞が生き残り、増殖していくのだそうです。奥さんは若いころには乳がんにかかり、手術をして片方の胸を失いました。おかげで乳がんは完治したのですが、後に膵臓がんによって命を失ってしまったのです。もちろん、素人の推測に過ぎませんが、それにしても私にはその可能性を捨てきることは出来ません。

そして、そう考えるとき、痩せていなければいけないというメッセージは、まさに私の奥さんを殺した仇のように思えるのです。

ダイエットの広告を見たり体重の話題が出るたびに、私のなかでは、奥さんの仇に対する気持ちが動き出すのを感じます。とはいえ、ダイエットや体重の話はいまや日常的な挨拶代わりのようにかわされますし、実際にはそれについていちいち目くじらを立てることはありませんが、それでも心のどこかで、穏やかでないものが立ち上がる気配があるのです。「いちばん不幸で、そしていちばん幸福な少女」というエッセイを書き始めたとき、私はダイエットに関しては絶対に書かなければならないと思っていました。それは、奥さんを苦しめ続け死に至らしめた敵に対する仇討ちのように思えたからです。また、同時に奥さんを苦しめ死に追いやったのかもしれない恐ろしい心の疾病について、同じような苦境にいる人たちを助けなければという思いもありました。

ただ、いざ書こうと思うとなかなか手をつけることが出来ませんでした。いちばんの理由は、それについて書くことが奥さんがもっとも話題にしたくない、自分が太ってしまっているということにふれてしまうことになるわけだからです。『グイン・サーガ・ワールド』というムックで、私は奥さんの日記の一部を公開しました。それについて、「自分だけの秘密が公開されてしまうなんて、あずささんが可哀想だ」という趣旨のことをブログだかツイッターに書いた方がいらっしゃいましたが、それについては私はなんのためらいもありませんでした。

奥さん自身が二〇〇七年の五月一日に署名・捺印している遺書のなかでこう書いています。

「私の記録してきたおびただしいさまざまな記録、ダイアリー、日記、そのほかのものは資料になるならば使用していただいて結構です。非公開にする必要はありません」

しかし、本人がそう言い遺していたとはいえ、やはりプライベートな日記をむやみに公開してしまうつもりはまったくありません。『グイン・サーガ・ワールド』で公開された日記の部分は、自身の抱いていた創作への思いが、若さゆえの客気《かっき》とともに明らかにされたマニフェストとなっているからこそ、多くの人に読んでいただきたいと思ったのです。奥さんはそれが公開されることを誇らしく思いこそすれ、羞《は》じることはなかったと思います。

体重については、そうではありません。

奥さんは『コミュニケーション不全症候群』のなかでダイエットや拒食症・過食症について論理的に分析し、痩せなければならないという強迫観念がどのようにして発生して女性たちを苦しめていたかを解き明かしています。奥さんもそれを書くことによって、自分自身の問題もまたかなり克服したように見えました。ところが、心の奥深くに刷り込まれた観念は、理性による分析によってそれが病的なものであると充分に理解されても、なおどこかに潜み続けて奥さんを苦しめていたのです。

そのことについて、奥さんと私はさまざまな機会に話しあっていましたし、奥さんも自分の心の中を見つめ続けて、その働きについては十二分に、と言っていいほど理解もしていました。

それでも、ほんとうにそれでも、「太っていては価値がない」という強迫はいつまでもいすわりつづけ、膵臓がんとの闘病生活が始まってからも奥さんを苦しめることをやめようとはしませんでした。いや、闘病生活が始まってからもというよりは、闘病生活が始まったからこそ、問題はより鮮明になってしまったようです。〈健康になって生きていたい〉という生へと向かうエロス、そして〈死ぬことになろうが痩せなければ〉という死へ誘うタナトスが奥さんの心のなかで激烈な闘争を繰り広げることになってしまいました。

『コミュニケーション不全症候群』を上梓《じょうし》し、この問題についての解答を得ていたはずであったのに、その後も苦しみ続けていたということを人に知られることは奥さんのプライドをどれほど傷つけてしまうか、それを思うとこの話題について書くことなどとても出来ないという気持ちになります。しかし、かつて奥さんは自身もまた拒食症・過食症の地獄を体験した者として『コミュニケーション不全症候群』を書いたのです。もしも生き残ることが出来ていたとしたら、闘病中のこのエロスとタナトスの戦いを分析し、そこからまた新たな結論を導き出したかもしれません。それがどのような形になるものか、それはわかりませんが少なくともこの恐るべき葛藤の記録を残しておくこともまた、奥さんの意に叶うことではないかと思います。

奥さんが体重のことで苦しめられることになった原因のひとつは、おそらく奥さんの育った家にいたY子さんというお手伝いさんではないかと私は思っています。だからといってこの方、Y子さんが悪意によって奥さんを苦しめていたというわけではまったくありません。それどころか、Y子さんを見舞い苦しめた悲劇が、奥さんを苦しみのなかに追いやった遠因だったのだろうと思います。

Y子さんは戦災孤児でした。東京大空襲で両親を失い、妹と二人きりで残されたY子さんは親戚の家に預けられたそうですが、やがてお手伝いさんとして奉公に出されました。しかし、どこの家でも長続きすることが出来ず、奥さんの家にやってきてようやく落ち着くことが出来たのでした。

そのような経緯もあってか、Y子さんにはかなり奇矯なところがありました。

奥さんと結婚した私が奥さんの実家に行ったときにも、ずいぶんと驚かされました。実家からの帰りには必ずY子さんが野菜だのトイレットペーパーだのを山のように持たせるのです。びっくりもしましたし、そうした物をもらうことがありがたいほど生活に困っていたわけでもありません。正直のところ帰り際によけいな手間がかかるものですから、かえって迷惑な気分でした。やがて、奥さんからY子さんとのさまざまな葛藤を聞くにつれて、それが彼女の奇矯な行動のごく一部だということを知りました。

おそらく、Y子さんは両親を失い他人の家に暮らすという生活のなかで、自分自身の居るべき場所を求めて必死だったのでしょう。それが、異常といっていいほどの人へのよく言えば親切な、悪く言えばお節介な行動を引き起こしてしまったようです。他人への過剰な献身によって自分の存在を必要なものと認めさせ、自分の居るべき場所を確保するということになったのでしょう。

少女時代の奥さんは、それによって助けられたこともあったようでした。貸本屋の漫画を借りてくることは禁じられていたらしいのですが、Y子さんが代わりに借りに行って、ざるか何かにその本を入れると、二階の勉強部屋の奥さんはそれを引き上げて受け取っていたということもあったと言います。それは奥さんにとって楽しい、懐かしい思い出だったようです。

しかし、Y子さんの親切はそれにとどまりません。勉強部屋にいる奥さんにいろいろな食べ物を届けては食べさせるのです。そうした親切は、特に体重に敏感な思春期の少女にとってはとても負担になってしまいました。食べ物はお腹がすくから食べるというものではなくなり、目の前に次々と出される、相手の期待に応えて食べなければならない物となってしまったのです。

結婚して奥さんの実家に行くようになって私もそれを体験することになりました。Y子さんはとても食べきれないほどの料理を作ってはこれを食べなさい、あれを食べなさいと勧めるのです。そして食事が一通り終わった後になっても、また何か料理を作ってさらに勧めるということも珍しくありませんでした。

奥さんは勉強部屋に届けられる食べ物に、やがて憎悪さえ覚えるようになりました。お握りを握りつぶしたり、カレーうどんを手もつけないままトイレに流してしまうということもあったと言います。それほど嫌ならばなぜ断らないのかと思うのですが、奥さんは好意を断るということがまったく出来なかったのです。感受性の強い少女であった奥さんは、Y子さんの行動の背後に潜む自身の存在を確保するための強烈な衝動を感じとってしまい、それに圧倒されてしまっていたのかもしれません。

そればかりか寝たきりの弟の面倒を見てくれるY子さんは、奥さんの家にとって欠かすことの出来ない存在となっていました。そのことがまた、奥さんにとってはY子さんの機嫌を損じてはいけないという圧力となってのしかかっていたようにも思います。

それでも、これだけならばたぶん、奥さんの食事にまつわる問題はそこまで深刻になることはなかったはずです。

しかし、いまの日本、それも私の奥さんが育ってきた時期がまさに、もっと食べなさいという命令と、食べてはいけないという命令が同時にあらゆるメディアから発せられるようになりはじめた時期でした。

グルメ産業が勃興してくるにつれて、うまい物を食べなければいけない、もっと食べなければいけないという声は私たちのまわりに充満してくるようになりました。美味を追求することは、ある種のステータスにもなり、どこにうまい店があるかという情報に精通することは、それだけで賞賛に値することとなっていったように思えます。このメディアから発せられた声が、Y子さんの次々と食べ物を提供する行動とあいまって、抗《あらが》うことの出来ない強迫となり奥さんに襲いかかってきたのです。

同時に、メディアからはまったく正反対の命令も出されています。痩せていなければいけないという命令です。現代の日本では、痩せていない人間はあたかも失敗者であり敗残者であるというような言説が大手を振ってまかりとおっています。

戦後もまもない頃に生まれた私の子供時代には、そんなことはまったくありませんでした。「健康優良児」と呼ばれる、いまの基準で言えば充分に「太った」子供が賞賛され、当時痩せていた私はやせっぽちと言われてバカにされていたものです、いまでは考えられないことですが。

奥さんが亡くなった後のことですが、ある時、電車に乗っていた私はドアの上のスクリーンに映し出されているCMを見て恐怖に似た感情にとらわれました。それはあるダイエット食品メーカーの主催するダイエット・コンテストの映像でした。コンテストに優勝し、トロフィーをもらった受賞者は感極まって涙を流し、これで人生が変わったと喜んでいるのです。その映像が伝えていたのは、太っていることは罪悪であり落伍者であり価値のない人間であり、ダイエットに成功すればその不幸な状態から脱することが出来るという、あからさまなメッセージなのです。

私の奥さんは一方で「食べなければいけない」という命令に、また一方で「痩せていなければいけない・食べてはいけない」という矛盾した命令にさらされていたのです。いま、「私の奥さんは」と書きましたが、それはひとり私の奥さんの問題だけではなく、現代の日本に生きる人間にとっては等しく同じことでしょう。ただ、大部分の人にとってはそれは聞き流せる程度のものに過ぎず、切迫した命令とは受け取られないのかもしれません。しかし、私の奥さんばかりでなく、その相反する命令のために過食と拒食のあいだを行き来して、やがては健康を害してしまったり命を落とすまでになってしまう人たちも多くいるのです。

少女期の奥さんは過食のために太り、そしてダイエットを始めれば学校に持って行った弁当さえ捨ててしまうという極端な食事制限を繰り返す最悪のパターンに陥ってしまいました。

書店に行けば、棚にはグルメ本、ダイエット本が洪水のようにあふれ、一方で拒食症・過食症を問題にした本も数多く出版されています。カレン・カーペンターを始めとして、多くの素晴らしい才能もまた、この病によって亡くなっています。

ところが、たぶんこの問題のもっとも深刻なところは、痩せてなければいけないという命令が、多くの人々にとってはたんなるCMにしか感じられなかったり、またそのCMによって意識の変容を遂げた人々によって発せられる「あなた、太っちゃったんじゃないの」という言葉が、罪のないからかいだったりちょっとした揶揄に過ぎないと思われていることなのではないでしょうか。

グルメは元来は健全な欲求の発露であるのでしょう。しかし、その欲求が過度に肥大してくるとまったく別の物になります。ローマ時代には、飽食した貴族たちが食べ物を吐き戻してはまた食べるということが常識だったといいますが、飢えを知らない現代の日本は、それに似た状況になっているように見えます。それでも、グルメ文化に背を向けるというのはいまや奇矯な行動と見做《みな》されかねない世の中になっています。ダイエットに関しては、メタボという言葉が人口《じんこう》に膾炙《かいしゃ》し、痩せることが美徳であることはなかば常識化しているようです。

さらに、これはもしかするとY子さんとの葛藤も一因だったのかもしれませんし、あるいは物語の紡ぎ手として、善人から悪人まで、誇り高い人間から怯懦《きょうだ》な人間まで、さまざまな登場人物に寄り添い共感するという創作法――そしてその創作法はまだ少女だった時代から始まっていたようなのです――も関係するのかもしれませんが、私の奥さんには、他人の考えを無抵抗に受け入れてしまうところがありました。

私の奥さんは本を読んでいるとき、そこに書かれた内容が無抵抗のまま心の中に流れこんできて、しばらく立ち直れなくなるようなことがありました。広告や雑誌の記事や、人の口から発せられる「さあ食べなさい」というメッセージと「痩せてなければ無価値」というメッセージは、そのようにして奥さんの中に流れ込み、理性によっては統御出来ない狂気を育て上げてしまったのかもしれません。

『コミュニケーション不全症候群』によってその狂気の生まれるメカニズムについては充分に理解していながらも、それから逃れることは困難をきわめていました。どうにかしてその状態から脱しようと食行動を綿密に記録し、自分の状態を客観的に判断しようともしていました。しかし、その努力はしばしば抵抗の出来ない衝動によって打ち砕かれてしまったのです。

二〇〇七年五月十日の日記に、奥さんはこう書いています。


本当は、私は何も間違ったことなどしていないのだ。私は酒をやめた。私はタバコを吸わない。私は自分のやりたい仕事を、やりたい時間だけやり、健康に気を付け、食べ物に注意を払い、バランスよく規則ただしく食事をし、生きていることを好きだと思い、庭いじりをして楽しく思い、友達もおり、ピアノもしだいにうまくなり、夫とは銀婚式を迎えてますます仲良く生活している。それだというのに、私のなかに巣くっている長い古い病気がまたしてもあらわれて私を「何もかも」失敗者だと感じようとさせている。もう本当にそろそろこのループから出ないかぎり、逆に決して健康体重を取り戻し、もうちょっとからだが軽く健康的になることなんか出来ないだろう。

その二日後の日記にはこんな一節があります。

このダイエットについてだけ突然私の知能も知性も理性もいっさい狂って停止してしまうのだろうと、そこから考えてみなくてはいけないと思った。

人間の知能も知性も理性も、その下層に蠢《うごめ》いている衝動を抑えることはほんとうに困難なことです。『コミュニケーション不全症候群』を書いたことに示されているように、理性は論理的に物事を考えていたにもかかわらず、やみくもな衝動によって繰り返しそれが打ち砕かれてきたのを私は見つづけてきました。

私が奥さんとの生活で共に戦って来た敵は、まさにこの狂気、人の理性を狂わせるやみくもな衝動だったのだと思います。そして、その狂気をもたらした「痩せなさい、痩せていなければ価値がない」というメッセージをこそ私は心底憎むのです。

私の奥さんの戦いは、それでも少しずつですが進展はしていました。錯綜した奥さんの心の中は次第に「村のお話」という形に整理されていき、それまではひとたび荒れ狂いはじめると手の付けられなかった狂気も、「黒い森」という存在として認知され、正体のわからない圧倒的な存在ではなくなりました。長い長い私の奥さんの戦いにも、ようやく展望が開けてきたように思えました。

おなじく二〇〇七年の六月五日の日記にはこんなことが書かれています。

もうあまり長くない余生だけでも、快適に、安穏に、気持よく暮らしてゆきたいではないか、という気持がようやくきざしている。去年の12月25日をさいごに酒はまったくやまっていて、もう半年近くなってきたわけだが、何ひとつ痛痒も感じないし、また飲みたいというストレスも感じない。このままどこまでゆけるか、とにかくひとつひとつ、「どろろ」みたいに自分の欠落させられてしまったからだをもとに戻していってやる闘いをするほかはない。百鬼丸はからだを奪いとられてしまったが、私は心をたくさんの鬼に奪いとられて、それを取り戻そうとしているのだ。だが私はひとりじゃない——K（筆者）がいるというだけじゃなく、「村のみんな」がいるのだ。そういう話もいつか書こう——村のみんなが力をあわせて、失われた赤ん坊を取り戻す、その赤ん坊が「希望」であるという、そういう話を。なんとなく、やっぱりこうして書いているとだんだん気持が明るくなってくる。黒い森のざわざわが去ってゆくのだ。そうやって、乗り越えてゆけばいいのだ。

残念なことに――というよりも慚愧《ざんき》に堪えぬ思いです――この日記を書いた年の秋にがんに罹患していることが発見され、その翌々年にはこの世を去ることになってしまいました。失われた赤ん坊の物語は書かれることはなく、奥さんが狂気に脅かされることのない日々はけっきょく訪れることはありませんでした。それでも、求める光の在処《ありか》を見出してそこに向かって進んでいこうと出来たことは、奥さんにとって大きな救いだったのではないかと思います。

物語の種

私の奥さんは小説を書くにあたって、いわゆるネタ切れというようなことはまったくありませんでした。なにを書こうか迷うことはあっても、書くことがなくなるということはまったくなかったのです。それどころか、書きたいことが頭のなかで早く形をとってくれとせめぎ合っているように見えました。

書きたいこと、物語の種というようなものが生まれて来る過程はさまざまです。じっくりと構想を練った上で書くことももちろんありますし、ずっと考えていたことを小説の形にまとめあげるということもあります。しかし、日々の生活を送っていくなかでふと目にした光景から物語が自然に動き出し、意図することなく登場人物が勝手に動いていってさまざまな場面がありありと目に浮かぶという、そんなふうにして物語ができあがることもあったのです。そのおかげで、栗本薫という作家は人びとの運命をあくまでも自然に、作者の作為を感じさせずに書くことが出来たのだと思いますが、ありありと場面が具体化されるということは、日常生活のなかではなかなか困ったことというか不便なことでもありました。

私が運転している車の助手席で、とつぜん奥さんがわっと声をあげることがありました。対向車がいきなり向きを変えてこちらに突進してくる、あるいは自分が気が狂って走行中の車のドアを開けて飛び出してしまう、そんな光景が目のあたりに浮かんで恐怖のために悲鳴があがってしまうというのでした。もっとも、これは神経症的なものでもあったようで、車のなかで悲鳴をあげてしまうことは次第になくなっていったように思います。

池袋のサンシャインシティにある水族館に行ったときにもひとつの物語が生まれました。

この水族館は、東京タワーの水族館とならんで、息子がまだ小さい頃によく行ったものでした。鰯が銀色の鱗を輝かせて泳いでいる水槽や、イルカの水槽、それに砂から半分だけ体を出している小さな——名前は忘れてしまいましたが——アナゴなどを眺めては子供ばかりではなく親も楽しんでいたのです。親も楽しんでいたというのは正確ではなく、子供をだしにして親が楽しんでいたというのがほんとうのところかもしれません。

サンシャイン水族館は屋内ばかりでなく、屋外にも竜宮の使いという不思議な魚の剝製が壁にかけられていたり、ペンギンやアシカのいるスペースがあります。ステージではアシカの芸が披露され、私たちは屋台で売られているソーセージなどを食べながらそれを眺めて楽しんでいたものです。

その一角にはペンギンがいました。氷山を模した白いコンクリート、背景はやはり白く塗られた壁で手前に池があり、ペンギンたちはそこで放し飼いにされていました。池で泳いだり地上にあがって歩きまわっていたり、たぶんペンギンは生まれ故郷でもそうしていたんだろうと思わせる光景でした。

そこに差し掛かった私たちはペンギンを眺めはじめたのですが、奥さんはそのままその場に立ちつくしてしまい、長いこと身動きひとつしなくなってしまいました。それを見た私は、たぶん奥さんのなかでなにか物語が動き始めたんだろうなと思っていたことを覚えています。

そして、それは『ペンギン』というミュージカルになりました。

とあるゲイバーに殺人犯が乱入して起こるドラマを描いたミュージカルですが、そのゲイバーのオカマたちが、羽があるのに空を飛べない、灰色の町から抜け出ることが出来ないというテーマ・ソングを歌います。それはまさにサンシャイン水族館で、じっとペンギンを眺めていた奥さんのなかに生まれた物語なのでした。

劇中で歌われるペンギンのテーマはこんな歌詞です。

むかし　子供のころ　動物園の　白く塗った　コンクリートの氷山の上で
一羽のペンギン　ずっと遠くを　見てたの
冷たくも　寒くもない　壁にかいたふるさと
ペンギンが丸い目で　遠くを見てた
ペンギン　ペンギン　なにを見てたの
見たことのないふるさとの　白い大地　夢に見てたの
ペンギン　ペンギン　いまも見てるの
飛んだことのないあおい　あおい　空を

あたしたちは飛べない　ペンギン　羽はあるけど　役にはたたない
あたしたちは哀しいペンギン　灰色のこの町を出てゆけない
あたしたちは飛べない　ペンギン　羽はあるけど　空は飛べない
あたしたちは　淋しいペンギン　でもいつか　でもいつか　空を飛ぶよ
いつかあの空へ　ｆｌｙ！

『ペンギン』ばかりではなく、ほかにもこの作品はこうして出来上がったのだということに思いあたる作品はいくつもあります。そのひとつが『六月の桜』です

私たちの住んでいた家から歩いて五分ほどのところに、広大な森というのがふさわしいような、鬱蒼《うっそう》と木々の生い茂った庭のある家がありました。たぶん、古くからの地主さんの家なのでしょう。庭のまわりはぐるりと生け垣に囲まれているのですが、それが古びて手入れもされないままところどころ破れてさえいました。しかも、その生け垣には「ゴミを捨てるな、ここはゴミ捨て場ではない」「駐車禁止の場所に車を停めるとは字が読めないのか」「生け垣に空き瓶を捨てていく奴等、恥を知れ」「ゴミを捨てるなと書いてあるのに捨てるとは、廉恥心のかけらもないのか」などと書かれた張り紙がところきらわず貼られていたのです。

生け垣から眺められる家は、古色蒼然として廃屋のように見えましたが、こうして張り紙があるところを見れば人が住んでいることもまちがいありません。

奥さんと私はこの家の前を通りかかるたびに、いったいどんな人が住んでいるんだろう、この張り紙を見るとかなりおかしな人みたいだね、などと言いあっていたものでした。

そして、奥さんのなかではこの家に八十歳近い老人がひとりで住んでいて、そこに孤独な小学生の少女がやってきて……という物語が出来上がっていったのです。たぶん、この物語は奥さんにはかなり強烈なインパクトをもって出来上がっていったのでしょう、伊集院大介シリー

ズの作品として書かれはしましたが、本来は独立した作品となるべきものだったように思えます。少女と老人が出会い、そしてそれぞれに孤独を抱えた二人が道ならぬ恋に落ちていくストーリーが展開していきますが、伊集院大介は小説の半ばにいたってようやく登場し、悲劇的な幕切れにも彼は無力なままで物語は終わります。

老人と小学生の恋という内容のせいか、あるいは伊集院大介がまったく活躍することが出来ずに、せいぜい狂言回しの役回りに終わってしまうせいか、この作品に対する読者の評価はあまり高くはないように思えます。ただ、伊集院大介シリーズの作品としての結構は整っていないと思いますが、老人の妄執、そして行き場のない少女のついには死へと向かってしまう孤独が強く迫り、奥さんの作品のなかでも、私にとってはいつまでも忘れることの出来ないもののひとつになっています。

いつ頃からだったかはわかりませんが、やがてこの生け垣に新しい張り紙が貼られることはなくなりました。そして、奥さんが亡くなってからだいぶ経ったころだと思いますが、古びた家も森のような庭もなくなり、いまでは何棟ものマンションが立ち並んでいます。この家の当主が小学生の少女と恋に落ちたなどということはもちろんなく、亡くなったか病気になったか、あるいは時代にあわせてマンションを作ろうという親戚の説得に耳を傾けたのか、たぶんそんなことなのだろうと思います。

『六月の桜』とおなじように近所の家がモデル——いや『六月の桜』もそうですが、モデルというわけではないので物語の種となっていたというのが正しいでしょう——となった作品に『木蓮荘綺譚』があります。こちらは、まわりの家に比べて少し古めかしい感じはするものの、住宅街にあるごくふつうの家でした。

この家からは、ときどきクラシックのピアノが聞こえてくることがありました。そして、上品な感じの老婦人が出入りしているのが見られました。ピアノの音の主をどうやらその老婦人らしいと奥さんが思ったところで、一篇の作品が出来上がりました。

老婦人はピアノ教室をやっている老嬢ということになり、教室に通っていた子供が失踪したまま行方知れずになるという事件が起こります。そして、たまたまこの家の近所に住むようになっていた伊集院大介が事件の解決をする運びとなるのです。この事件には、やはり家の近所の碑文谷公園やそのなかにある弁天池も登場し、そこに沈められていた死体が発見されて事件は解決ということになります。

奥さんが亡くなった後のことですが、弁天池ではバラバラ死体遺棄事件が起こり、公園も長いこと閉鎖されてしまうということがありました。『木蓮荘綺譚』を生み出した家も、いまでは改築され「木蓮荘」にふさわしい古めかしい家ではなくなっています。

私はいまでも奥さんだったらきっと小説に仕立ててしまったに違いないと思うような場面や

光景に出くわすことがありますが、もちろん小説の才の一切ない私は、奥さんだったらこれをネタにどんな小説を書くことだろうと思うばかりです。

蛇足になってしまいますが、奥さんのこの能力はもしかしたら奥さんの父親によるところもあったのではないかと思うことがあります。というのも、奥さんから聞いた話なのですが、石川島重工業の重役を経て子会社の石川島建機の社長となった奥さんの父親、奥さんに言わせれば堅物の実業家だったこの人にはときどき、思いがけないことを言うことがあったそうです。

まだ奥さんが高校生のころの話だったと思いますが、親子三人でレストランで食事をしているときのこと、その父親は一人で食事をしている女性を見て、「ほらごらん、あの人は一人で食事をしているけれど、じつはさる有名な事業家の奥さんだった人なんだよ。だけど可哀想にご主人に先立たれて、子供を育てながら旦那さんの事業を引き継いで頑張ってきたんだね。いまは子供たちも独立して、こうやってレストランでのんびり食事をするようになったけれど、亡くなったご主人のことが忘れられないのでいまでも独身でいるんだよ」とまるで聞いてきたようなちゃ
ら
っ
ぽこ――奥さんはこう父親の話を評していました――を並べ立てたというのです。おまけに、この父親も母親と同じように詳細な日記を付ける習慣があったそうですから、栗本薫という才能を生みだす土壌は育った家庭にもあったのかもしれません。

音楽、大切な一生のつきあい

奥さんが自分の母親に、「ピアノだけは無理にやらせられてよかった」と言うことがありました。だけというのもなかなかの言い草だとは思いますが、ピアノを習わせてもらったこと、嫌がる奥さんを無理にでもレッスンに連れていったことにはとても感謝していたのです。

奥さんがピアノを始めたのは六歳のときでした。ピアノを始めるについては、どうも母親がピアノに憧れていたということもあったようですが、教室に見学に連れていかれた奥さんはなかなかピアノが気に入ったようで、家に戻ってもおもちゃのピアノを叩いて遊んでいたといいます。それからほどなくして、神田のすずらん通りにある楽器店に行きその場でピアノを購入、その晩には届けられたということです。

会社から帰宅した父親は、なんのまえぶれもなくとつぜん家にピアノがあるのを見てすっかり仰天したそうです。それも無理もないというものでしょうが、娘を溺愛していた父親もまた、それについて否やはまったくありません。

もともと才能はあったのだとは思いますが、教室に通いはじめた最初の頃から聴音の成績が抜群で、ほかの子がなかなか聴きとれない和音のそれぞれの音名を軽々と言い当てていたようです。ただ、しばらく続けていくうちにレッスンを嫌がりだして、母親を困らせるようになってしまいました。はじめは芸大に行けるのではないかとまで周囲から期待されていたものの、練習嫌いがたたってやがてそういう話も沙汰止みになってしまったようです。しかし、ピアノのレッスンをさぼってマンガや小説を読み、小説を書いていたことがやがて栗本薫という作家を生み出したわけなのですから、ピアニストになることを断念することになったのは、奥さんにとっては僥倖《ぎょうこう》というものではないかと思います。

それでも、奥さんにとってピアノが大切な生活の一部であったのもたしかです。音大進学こそ諦めざるを得ませんでしたが、高校生のときにはすでに十年以上続いていたレッスンのおかげでほぼ自由自在にピアノをあやつり、かなりの難曲も弾くようになっていました。

青戸の家に住んでいたころのことですが、ストレスが鬱積してどうにもならない気持ちになると、居間にあるピアノに向かって激しい曲を狂ったように何時間も弾いて、ようやく気持ちが落ち着いてくると静かな曲を弾いて終わりにしていたという話も私にしていました。

ピアノについては、こんな思い出もあります。

早川書房が、『ハヤカワSFバラエティ』というラジオ番組をやっていたことがあったのですが、私の奥さんはそのパーソナリティをやっていて、四ッ谷にあった文化放送――いまは浜松町にあるようですが――まで青戸から通っていました。

あるとき、早めにスタジオにやってきた奥さんは、隅に置かれていたピアノの前にすわると、『ハヤカワSFバラエティ』のテーマ曲、ドビュッシーのアラベスクを弾き始めたのです。番組では冨田勲のシンセサイザーの音源が使われていましたが、奥さんが生ピアノで弾くアラベスクの流れるような音に私は気をのまれてしまいました。音大へ進めなかったとはいえ、私のような素人をすっかり感心させる腕前は持っていたというわけです。また、暗譜で弾けたわけですから、それなりの修練は積んでいたということなのでしょう。

私たちが結婚して最初に住んでいたのは小さな賃貸のマンションだったので、もちろんピアノを置くこともできませんでした。そこで暮らしていたのはたぶん二、三年くらいだったと思いますが、やがて子供も生まれたこともあって、目黒にマンションを買い、そこに引っ越しました。そして、すぐにピアノを買ったのです。猫足のついた小さなアップライト・ピアノで、ウォルナットのお洒落なピアノでした。このピアノはその後、最晩年までの奥さんの音楽活動を支え続けたのでした。そういえば、奥さんと二人でミュージシャンの難波弘之さんのお宅に遊びにいったことがありましたが、まったく同じピアノがありました。

早稲田に入学した奥さんは、ハーモニカソサィアティという軽音学部からピアノを募集していると言われて入りました。ハモソという略称のこのサークルは、ハーモニカを中心に、ピアノやその他の楽器も入って、ジャズからポップスまで幅広いジャンルの音楽を演奏するクラブです。

奥さんはハーモニカ・オーケストラではピアノを担当していました。そこで演奏するだけではなくレコードから採譜したり、それを各パート用の譜面に起こしたりなどということまでやるほか、サークルの気のあったメンバーで小編成のバンドを作ったりもしていました。

コンパでは肩を組んで都の西北を歌い、合宿に行ったときには夜汽車のデッキで先輩の吹くハーモニカの音色に酔いしれたといいますから、ハーモニカソサィアティのおかげで学生生活もなかなかに満喫していたようです。また、この時のサークルの仲間に、『ぼくらの時代』の信とヤスヒコのモデルがいたということです。

大学を卒業した奥さんは、いちおう就職はしようとしたもののうまくゆかず、家で小説を書く生活になりました。ただ、そのあいだにもバンドをやりたくて音楽雑誌のメンバー募集で知りあった女の子たちとスタジオに入って練習をすることになりました。

奥さんはピアノが弾けるのですから、当然キーボードを担当すればよいところですが、ドラムを叩ける子がいなかったのでしょう、そのバンドではドラムを担当することになり、ドラムの練習を始めました。もちろんドラムセットなどは持っていませんでしたし、買うほどのことでもなかったのでしょう、スティックで雑巾をぺちぺちと叩いて練習をしていたそうです。

そして集まったメンバーとスタジオに入って練習をしたのはよいのですが、結果は悲惨なものでした。集まったメンバーにまともに演奏の出来る者はいなくて、何回かスタジオに入ったもののなし崩しにそのバンドは消滅してしまいました。

この時に知りあったメンバーの一人が北海道出身の少女で、なかなかとんでもない人物だったようです。やたらと大言壮語するうえに盗癖、虚言癖があるという、奥さんがそれまでまったく出会ったことのないタイプでした。田舎から都会に出てきて無理をして背伸びしている、そんな感じだったようです。この少女は奥さんに強烈な印象を与えたようで、その時の経験が後になって『ハード・ラック・ウーマン』という作品になりました。

とりたてて何の才能も取り柄もない貧しい家の少女が、生まれ育った旭川の町を飛び出して東京に出てきたものの、あちこちでトラブルを起こし、揚げ句は惨殺されてしまうという話なのですが、スタジオでのリハーサルの様子などは奥さんが話していたまったくそのままでした。

『ハード・ラック・ウーマン』には『ぼくらの時代』ではまだ学生だった信が三十三歳になっ

て登場しています。相変わらずバンドをやっている彼は、殺された少女の故郷を訪ねて旭川に行くのですが、そこで描写されている旭川空港のひなびた様子は少しばかり極端な感じがします。いまの旭川空港は知りませんが、作品の書かれた当時、近い感じではありましたが正直のところ誇張があると言わねばなりません。じつは奥さんは旭川には行ったことがなく、たまたま旭川に行った私の話を聞いて書いていたのですが、私がそのひなびた感じをオーバーに言いすぎてしまったのでしょう。

ちなみに、私が旭川空港から東京へ戻ったのは、北海道での仕事を終えたその日に、新宿のライブハウスで中島梓バンドのライブがありそれに出演するためでした。『ハード・ラック・ウーマン』の信と同じようにセスナが一機だけ止まっていた空港で待っていた私は、やがてやってきたYS‐11に乗り込み、乱気流にもまれながら羽田空港に着いたのも『ハード・ラック・ウーマン』の信そのままでした。

音楽雑誌のメンバー募集でバンドを作ろうという奥さんの計画はけっきょく沙汰止みになってしまいましたが、やがて思いがけなくもそれは実現しました。

私が打ち合わせのために青戸の奥さんの家に行ったときのことです。たまたま講談社のTさんという若い編集者も来ていました。そこで三人でよもやま話をしているうちに、Tさんは学生時代にドラムをやっていたということがわかりました。私もやはり学生時代にベースを弾いていたので、それならバンドをやろうかということで盛りあがったのでした。ベースとドラムがいれば、奥さんがキーボードができますし、あとはヴォーカルとギターがいれば完成です。

その当時、早川書房には後に音楽評論家になった萩原健太さんが編集者として在籍していました。ミステリ編集部にいたIさんもギターです。このふたりが加わってバンドは出来上がり、奥さん以外は全員編集者なのでエディターズと名づけられました。そして、第十九回の日本SF大会に参加、会場の浅草公会堂で演奏をすることになりました。私のベースは使いものにならないので、萩原健太さんがベース、私はヴォーカルにまわり、奥さんが作詞・作曲したり奥さん作詞・萩原健太作曲などという曲も披露されました。

たしかこのバンドは、日本SF大会に出演しただけで活動を止めたと思いますが、その後、奥さんのキーボードはそのままで、ヴォーカルに音楽雑誌編集者のKさん、私がベース、ドラムに学生時代に難波弘之さんのバンドでドラムを叩いていたIさんが参加して新バンドを結成しました。このバンドには奥さんがテレビ番組『ヒントでピント』出演中に知りあった小林亜星さんのマネージャーのKさんも途中からギターで参加、パンドラというバンド名でライブハウスに出演するほか、新宿の紀伊國屋書店、九州や新潟などの書店のサイン会に抱き合わせで行われたライブなどにも出ていました。

やがて、奥さんが舞台の仕事を始めるようになるとパンドラの活動は終わりました。

時間的な余裕がなくなったこともありますが、シャンソン歌手の伴奏でピアノを弾くことが多くなってきたからだったように思います。ミュージカルの役者さんは、舞台のほかに歌手として仕事をしている方も多いですし、それもシャンソンの人が多かったのです。

グイン・サーガの五十巻記念ミュージカル『炎の群像』に出演していた宮内良さん、朝香じゅんさんなどとコンサートをするようになったあたりがきっかけだったようです。ともかくシャンソン歌手の伴奏をすることが次第に増えていきました。歌手の持ってくる曲ばかりでなく、ミュージカルのために作曲した自分のオリジナル曲を歌ってもらったり、親しい歌手のためには作詞・作曲をしたりなどということもありました。

しかし、そうしてシャンソンの伴奏をしているうちに、だんだんと納得のいかない気持ちにもなってきました。というのも、シャンソンのピアノの役割はあくまでも伴奏であって、歌手の補助的な役割です。作家として、自分自身が前面に出て表現をしてきた奥さんにとっては、伴奏という形での表現には歯がゆいものを感じていたようでした。

それに、ちょっとしたトラブルのあったことも、奥さんがシャンソンから気持ちが遠ざかっていった理由ではないかと私は思っています。

共演するだけではなく、オリジナルの曲を作詞・作曲までして友達付き合いをしていた歌手がいたのですが、その歌手とやる予定だったライブについてなんの連絡もないまま、ほかのピアニストに仕事を依頼していたことがわかったのです。その前から多少ぎくしゃくしていると は私も思っていましたし、奥さんのピアノに不満があったのかとも思いますが、それにしても 非常識な話です。奥さんはこの仕打ちにとても傷つき、すっかりその歌手に嫌気がさしてしま いました。

それでも、自分で構成台本を書いて南青山のマンダラなどで芝居と歌のステージをやったり などの活動を続けてはいましたが、転機が訪れたのは奥さんがジャズ・ピアニストの嶋津健一 さんと知りあったことでした。

高校まではクラシックのレッスンを受けていましたが、それ以後はずっと独学でした。さす がにそれには限界があると感じたようです。もともと人にものを習うのが不得手で、ピアノを 習っていたときも最初はちゃんとやっていたもののすぐに飽きてしまい、それからは母親がレ ッスンに連れていくのが大変だったというくらいですから習うのが嫌いというのにも年季が入 っています。

しかし、嶋津さんのレッスンはずいぶん真面目に受けていました。レッスンから戻るとピア ノに向かって復習をやり宿題も一所懸命やっていました。もっとも、嶋津さんに言わせると、 耳が良すぎてなかなか理論が入っていかないということもあったようです。ふつうは理論を理 解しないとわからないことが、なまじ耳がよいばかりになんとか恰好をつけることが出来てしまい、初めのうちは理論をあまり真面目に勉強していなかったらしいのです。

初めてのジャズ・ピアノの発表会は、六本木のジャズ・クラブで行われました。嶋津さんの生徒による発表会は、すでに仕事としてピアノを弾いている人もいるレベルの高いものでしたから、奥さんはじつはかなり緊張していたように思います。ところが、「Softly, As In A Morning Sunrise」というスタンダードの曲を弾き始めた奥さんは、攻撃的というかまったく臆するところを感じさせない演奏を披露しました。加藤真一さんがベース、岡田佳大さんがドラムだったのですが、奥さんの演奏が熱を帯びてくると、二人があれっという表情を浮かべ、ニヤリと顔を見あわせていたのをいまでも覚えています。先生の嶋津さんに言わせると「ふつうは自信がないと音が小さくなるのに、あずさ先生は逆に大きくなるんだよ」と笑っていましたから、やはりあまり自信がなかったのかもしれません。

嶋津さんのレッスンとは別に、奥さんは私と一緒にバンド活動も始めていました。奥さんがレッスンを受け始める少しまえのことですが、私は家の近所にある小さなパブで月一くらいのペースでライブをやっていたのです。メンバーはその店の常連の、昔バンドをやっていたという人たちで、そのころでも平均年齢が七十代という高齢者バンドでした。しかし、そのバンドが始まってから数年後に、ピアノの方が病気になってしまい、奥さんが代わりにピアノに入りました。もっとも、正直のところメンバーは元バンドマンとはいえ、老齢ということもあってあまりレベルは高くはなく、本格的にジャズをやることは出来なかったものですから、奥さんは物足りない気持ちを持っていました。また、ベースの方の名づけたバンド名がミュージックラバーズというのですが、これもどうも趣味に合わなかったようです。自分のバンドではないし、なにをいうにも進駐軍相手に演奏をしていた超ベテランのいうことだからと、ことさら反対はしませんでしたが私には愚痴を言っていました。

言ってみれば私のバンドの助っ人として参加したこのバンドとはべつに、奥さんはジャズ・ピアニストとしての活動も始めました。おもに共演していたメンバーはベースが加藤真一さん、山下弘治さん、菅原正宣さん、ドラムは岡田佳大さん、藤井学さんといった錚々《そうそう》たる顔ぶれです。

嶋津さんのレッスンのおかげで、奥さんは自分の表現したい音を形にする技術を身につけていきました。そして、ピアノの出す音やちょっとした合図をくみとってベースやドラムがそれにあわせたり、またベースやドラムの意図を奥さんが受け取ってそれにピアノが応えていくという、シャンソンをやっていた頃とはまったく違う、ジャズの演奏が出来るようになったのです。

ちなみに嶋津さんのレッスンでは、ジャズに特有の即興演奏＝アドリブのための理論・技術は教えますが、アドリブのフレーズを教えるということはありません。それは演奏者のオリジナリティに属するものなので、教えられたフレーズをそのままなぞったところでアドリブとはいえないという考え方です。たぶん、どんな表現方法についても自分の表現したいものをもっていた奥さんにとって、嶋津さんの教授法はとてもあっていたのだと思います。

こうして、学生時代からずっと憧れていたジャズ・ピアニストとしての演奏がようやく出来るようになってきたのですが、二〇〇七年の秋にがんが発見され、暮れには入院・手術ということになってしばらくは活動をやめざるを得なくなってしまいました。

ところが、それでも奥さんは練習だけは諦めようとせず、病室に持ち込めるようなコンパクトなキーボードを購入すると、手術を控えているとはいってもまだ体の自由がきくあいだは、昭和大学病院の病室でキーボードを弾いていたのです。もっとも、手術のためにがんセンターに転院したときには、さすがにそれどころではありませんでしたが。

手術が無事に終わり退院すると、嶋津さんのレッスンは再開されました。再開されたレッスンでは嶋津さんが「入院じゃなくて合宿にでも行ってたんじゃないの？」というくらいに腕をあげていました。肩の力が抜けて、落ち着いてしっとりとしたピアノになっていたのです。遺書まで用意して臨んだ手術と、その後の療養生活が奥さんの心になにかをもたらし、それが演奏に反映したのかもしれません。

五月からは私のバンド、ミュージックラバーズでの演奏を皮切りにライブも再開され、おりおりにメンバーは入れ替わりながらほぼ月に一回のペースでつづきました。

二〇〇九年の二月は奥さんのバースデーライブでした。バースデーライブは毎年恒例になっていたのですが、前年は手術のためにそれどころではなく、一年おいてふたたびバースデーライブをやることが出来たのでした。そして、前の年の私の還暦ライブから共演するようになった水上まりさんがゲストとして出演することになりました。

本番の前日にリハーサルがありましたが、奥さんはその日に出来たばかりのオリジナル曲を持ってきていました。「誕生日の夜に」という曲です。そして、水上さんがこの曲を歌うことになりました。

こんな歌詞の曲です。

誕生日の夜に

ママ　ハッピーバースディ　ママ　ハッピーバースディ
今日は　誕生日
あなたがわたしを　この世に　おくりだしてくれたの
そして　わたしがいる

パパ　ゴッドブレスユー　パパ　天国のパパ
わたしが　うまれた日
はじめての雨にであい　はじめての花にあい
そして　この日にあえた

友達が集まって　祝ってくれる
あなたにあえてよかったと　いってくれる
それだけで
ほんとに　しあわせ

だから
きょう　ハッピーバースデイ　トゥー・ミー　ハッピーバースデイ
来年も　あえますように

奥さんも水上さんも泣きながらのリハーサルでした。すでに病勢はかなり進行して、あとどれだけ生きていることが出来るのかわからない状態でのこの歌詞ですから、それも当然のことだったでしょう。

しかも母親との葛藤にずっと苦しめられていた奥さん、誕生日についてもこだわりがあった奥さん、その奥さんがこの歌詞を書いたのです。私はこの歌詞を見た時になんともいえない気持ちになりました。長かった、ほんとうに長かった母親との葛藤を乗り越えて、とうとうこの歌詞を書くまでになったのかという思い、いつも緊張してうまく誕生日を過ごすことが出来なかった奥さんがようやく素直に誕生日を祝うことが出来るようになったのかという思い、そしてまた、余命もいくばくもないという諦念がこの歌詞を書かせたのだろうかという思いもありました。

水上さんは、自分の歌を歌いつづけてほしいという奥さんの言葉どおりに、亡くなった後も奥さんのオリジナル曲を歌い、そしてトリビュート・ライブとして奥さんのバースデーライブも毎年欠かさずに続けて「誕生日の夜に」を歌いつづけてくれています。

二月のバースデーライブに続く三月のライブは、バースデーライブと同じメンバーで、ベースが菅原正宣さん、ドラムが岡田佳大さん、水上まりさんヴォーカルという顔ぶれでした。この日は朝から体調が悪く、いったん目を覚ましてから私としばらく話をしていたのですがまた眠り、起きてから風呂に入ってようやく動きだすという状態でした。

本番の一曲目はかなりテンポの早い「クレオパトラ・ドリーム」という曲だったのですが、イントロから指がもつれるようなところがあり体調の悪さがステージに出ていました。後半では明らかに体力が尽きてしまっている様子が見てとれ、アンコールで「スペイン」がリクエストされたのですがそれはお断りして、ライブの後の打ち上げもやめて帰宅しました。

体調はその後も悪化していき、とりあえず四月のライブを最後に先の予定は立てずにおこうということになりました。

そして四月十二日が最後のライブとなりました。『キャバレー』のあとがきには「音楽は私にとって大切な一生のつきあいです」と書かれていますが、まさにその通りに奥さんは最後まで音楽とつきあい続けていたのでした。

この日のライブについては「転移、そして……。」の章と重複するので割愛しますが、歌う予定ではなかった私にも一曲歌ったらと声を掛けてくれ、私も「ベサメ・ムーチョ」という曲を歌いました。そして、この時が私と奥さんが一緒に演奏する最後のステージになりました。

天狼星の呪い

いつのことだったか、もう思い出せないのですが、奥さんとこんな話をしていたことがあります。たぶん、奥さんが舞台の仕事をやめ、稽古場のあった神楽坂の事務所も引き払った後のことだったと思います。

「伊集院大介のシリーズのなかで『天狼星』はそれまでの伊集院大介とぜんぜん違ってしまったけれど、それと芝居をやっていたことはなんとなく関係があるような気がするね」

それを聞いた奥さんもまた思い当たることがあったようで、どちらからともなく「天狼星の呪い」という言葉が出てきました。

『絃《いと》の聖域』、『優しい密室』と続いたシリーズに登場する伊集院大介は、観察者であり物事の背後にある隠された相を読み取って事件を解決するという立場でした。実際に犯人逮捕にあたるのは警視庁の山科さんであり、直接に事件の解決に手を下すわけではありません。そして、伊集院大介の視線は、犯罪者に対しても決して断罪をするようなものではなく、犯罪を犯すに至った過程についての共感のようなものがあります。だからこそ、予断にとらわれずに真実を見抜くことが出来るというのが伊集院大介の特徴だったのでしょう。

しかし、『天狼星』に始まるシリーズでは、絶対悪の象徴としてのシリウスが登場します。そして、物語は正義と悪、光と闇の戦いとして語られていくようになりました。伊集院大介もまた、みずからこのシリウスと対決し、それまでの書斎派とはうってかわって派手なアクションをします。おなじ伊集院大介が登場する同名のシリーズ作品ではありますが、『天狼星』のシリーズは他の伊集院大介シリーズとはべつのシリーズであるかのようです。そして、この伊集院大介の変容が、私には奥さんが芝居の世界にかかわり、それまでとは生活が一変したことの象徴だったように思えたのです。

奥さんと芝居とのかかわりは、一九七九年に中野サンプラザで桑名正博、岩崎宏美などの出演で上演された『ロック・ミュージカル　ハムレット』の脚本と歌詞から始まりました。もっともこのときは、売れっ子の作家が脚本にも手を染めてみたというところで、頼まれた原稿を書くといういつもどおりの仕事とさして違いがあるわけではありませんでした。

芝居を手がけたといえるのは、一九八七年に銀座の博品館劇場で上演された『ミスター！ミスター!!』というミュージカルが最初です。それ以前も、テレビ・ドラマやミュージカルの脚本を書いたりしてはいましたが、『ロック・ミュージカル　ハムレット』と同様にあくまでも脚本を提供するだけのことだったのです。

作家の戸川昌子さんの経営する「青い部屋」というクラブには、当時、夜ごと作家、演劇関係者などが集まっては盛り上がっていました。私の奥さんと私は結婚式というものをしていませんが、お祝いのパーティをこの青い部屋で開いていただいたこともあります。そういう経緯もあって、私も奥さんもこの店にはよく出入りしていました。

私は『ミスター！　ミスター!!』の公演に関してはまったくタッチしていないので、奥さんから話を聞くばかりなのですが、こんなことだったようです。

芝居の関係者が集まっていたある晩のこと、戸川昌子さんを中心にして女性をメインにしたスタッフによるミュージカルを作ろうという話がもちあがりました。酒席での話はやがて具体化していき、プロジェクトチームリーダーとして戸川昌子さん、脚本と作詞・作曲は私の奥さん、演出は元宝塚の女優さんと私の奥さんの共同演出、プロデュースは青い部屋の常連の一人であった女性、そして、主演には当時宝塚を退団したばかりの旺なつきさんという顔ぶれで話が始まりました。

実際にこの企画が動き出してみると、なかなか大変なことも多かったようです。ことに人間関係の衝突はかなりのストレスを奥さんに生み出してしまいました。もともと、私の奥さんは連日のように人に会っているだけで、べつに嫌いな相手でなくとも「人あたり」をしてしまい疲れてしまう人だったのです。芝居というのは、準備の段階から連日のように人に会わなければならず、稽古が始まればそれが朝から晩までということになります。それは、奥さんが気づかないうちにもずいぶんと重荷になっていたように感じられました。

それでも、宝塚を退団したばかりの役者さんを主演に据え、前年まで人気クイズ番組に出演していた作家の脚本・演出という話題性もあって観客動員もまずまずの成績でした。『ロメオとジュリエット』に材をとり、対立するゲイ・バーとレズ・バーのホステスとホストが恋に落ちて結婚するという、ひねりの利いた設定は大受けでした。音楽も初体験のミュージカルとは思えないできばえで、ゲイ・バーとレズ・バーの争いを四声部の掛け合いで表現したり、しっとりとしたバラードがあったり、劇場を出る観客が思わず口ずさんでいたというエピソードがあるほど元気のいいテーマソングなどと好評でした。

ところが公演が終わった後で金銭トラブルが起こって、プロデューサーの女性が雲隠れする事態が発生、そういうことが不得手な奥さんのかわりに私がその対策のための関係者の打ち合わせにかりだされたりもしました。

ちなみに、プロデュース公演と呼ばれるこうした形の公演は、製作会社なり製作者が資金を用意し、スタッフや役者を雇う形になります。入場料や関連商品の販売などの売上げが経費を上回ればその分が製作者の収入になりますが、そうでないと赤字になり資金力がなければ破産ということになるわけです。『ミスター！　ミスター!!』では、私はトラブル対処の打ち合わせに顔を出しただけのことでまったく公演にはかかわっていませんでしたし、どうもその打ち合わせにいた誰もがお金の流れを把握していなかったようで、なぜ金銭トラブルが起こったのか、どうしてプロデューサーの女性が姿を消したのか、私にはよくわかりませんでした。

もっとも、奥さんはこの公演の製作に直接かかわったわけではなく、脚本・演出・音楽の担当として雇われていた形でしたからさほどの金銭的な被害をうけることもなかったようです。

この公演で奥さんはずいぶん苦労もしましたが、芝居の魅力にもとりつかれることになりました。魅力のひとつは、自分のイメージの中にあった世界が劇場の舞台の上で現実のものとして視覚化され、動き出すことにあったようです。そしてもうひとつは、自分のいるべき場所が確保されること、にもあったのだと私は思います。

いるべき場所の確保というのは、私の奥さんにとって、とても大きな問題であり続けました。ここは自分がいてよい場所なのか、ここは自分を疎外しているところなのではないか……その思いは絶えず奥さんにつきまとい、作品にもその影響は強く出ています。奥さんは芝居に出会い、自分のいる場所をそこに見つけたように感じたのです。

居場所の確保のためには、脚本ばかりではなく演出をすることが必要でした。脚本家は脚本を渡してしまえばお役御免になり、ほぼ一ヶ月にわたって存在する稽古場は演出家と出演者、そして舞台監督や大道具・小道具といった人達の場所になります。稽古場にいる権利、いるべき場所の確保のためには脚本家ではなく演出家とならねばならなかったのです。

『ミスター！　ミスター!!』ではしかし、あくまでも戸川昌子さんを中心としたプロジェクトに雇われる形でした。もともと芝居の世界の人ではなかったこともあって、作家が芝居に首を突っ込んできたという受け止められ方をしてしまったこともあったようです。また、そうした奥さんの心の中の問題ばかりではなく、実際上も製作態勢の脆弱な芝居作りというのはいろいろと問題があります。

奥さんは、『ミスター！　ミスター!!』の翌々年、知人の演劇関係者をプロデューサーに、自分の個人事務所の製作で『魔都』を公演しました。そして、それがきっかけで『魔都』に出演していた役者の主宰する劇団を脚本や演出などで手伝うようになり、『マグノリアの海賊』を初めとする作品に脚本を提供したり、演出もするようになりました。奥さんはこうして、次第に芝居の世界に深入りをしていきました。

その頃私は、まだ早川書房に勤務していて芝居に直接かかわってはいませんでしたが『マグノリアの海賊』はちょうど稽古期間中に乳がんで入院することになってしまい、退院直後にはまたすぐに稽古場入りをすることになった奥さんのために、時間の余裕のあるかぎり私も稽古場に顔を出していました。そして、私は芝居の世界の怖さを初めて見てしまうことにもなりました。

ある日の稽古場での出来事ですが、奥さんが演出席から舞台に向かって指示を出しているのを客席側から見ていた私の耳に、その指示をあしざまにけなしている声が聞こえてきたことがあります。出番ではないのでやはり客席側にいた、主要登場人物の一人がまわりにいた役者に言っていたのです。たぶん、その役者は私が中島梓の夫であることを知らなかったのでしょう、あるいは知っていた上で言っていたのかもしれませんが。奥さんの前ではそんな態度はおくびにも出さずにいたその役者がそんなことを言うのを聞いた私は、芝居の世界の人たちの外部からやってきた人間に対する、ある種の敵意のようなものを感じて嫌な気持ちになったのを思い出します。

芝居の世界にのめり込んでいくにつれて、奥さんの生活もずいぶん変わりました。作家は基本的に家で原稿を書くのが仕事です。せいぜいが打ち合わせなどで出掛けるほかは、外出する必要もなければ時間に縛られるということもありません。しかし、芝居をやるには決まった時間に稽古場に出掛けていかなければなりませんし、稽古が終わった後も食事に行ったり飲みに行ったりということになります。

生活のパターンが変わるにしたがい、息子の面倒をベビーシッターさん任せにしなければならないことも多くなりました。そこで、『マグノリアの海賊』の公演のあった翌年には私は早川書房を退社して家事を担当するようになり、息子に朝ご飯を食べさせお弁当を持たせて学校へ送りだすようになりました。

やがて、他人の製作による公演に飽き足らなくなった奥さんは、脚本、演出ばかりでなくプロデュースにも進出し、中島梓製作・脚本・演出・音楽という『霊舞』を行いました。自分でプロデュースするということは、経済的な負担を引き受け、役者やスタッフとの折衝もまたやるということです。このときもまた、私は一切内容にはタッチしていなかったので事情はよくわかりませんでしたが、車で稽古場に送り迎えしたり稽古場にいたりしたときの様子からは、しばしば険悪な雰囲気があったのがうかがえました。スタッフの一人と怒鳴りあいの大喧嘩をしていたのもこの公演でした。また、そうしたストレスから、私たちの家の中が次第にすさんでいったのもこの頃からだったように思います。

このときの公演は奥さんにかなりのダメージを与えてしまいました。まえにも書いたように「人あたり」をするほど人間関係に脆弱な奥さんが、濃密な芝居の人間関係を長期にわたってつづけていたわけです。それに、そもそも人と対立したり相手の嫌がることを言うのが極端に苦手でした。それでも、不満がたまりそれが臨界点を越えると、こんどは激烈な怒りの衝動にとらわれてしまうことになります。その怒りが暴走を始めると、自分でもコントロールが効かなくなってしまうのでした。自分の居場所を与えてくれるであろう芝居への期待、また自分の小説のイメージの世界が具現化されることへの夢、それが『霊舞』では満たされることが出来ずに苦い記憶だけが残ってしまったようでした。その期待と夢を、こんどこそ実現させようと自分自身の演劇製作事務所を設立することにしたのです。

株式会社天狼プロダクションは、こうして誕生しました。

名義上は私が社長になっていましたが、実際には私は一切タッチすることはなく、たしかパソコン通信で知り合った某劇団のスタッフが責任者になりました。私が出版界の人間で芝居のことはまったくわからなかったということもありますが、奥さんは自分の芝居の活動や天狼プロダクションの運営について、私にあれこれ言われたくはなかったのです。

本格的に演劇活動を始めることについては、私にはかなり不安もありました。私の奥さんは稀有の物語作家ではありましたが、現実のビジネスや会社の運営についてはまったくの無知です。私にしても、芝居についてはその当時はまったく無知でしたが、後になって芝居の業界で仕事をするようになってわかったことは、芝居というのは芸術と現実、虚業と実業の出会う場所なのです。その点では私がずっとやっていた出版という仕事も似たようなものだったかもしれません。

ともかく経済的な基盤をしっかり押さえておくこと、その点は通常の会社の経営となんら変わるところはありません。先ほども書いたように、天狼プロダクションの立ち上げの際のスタッフには、奥さんの知り合いの演劇関係者が起用されましたが、実際に事務所が動き出してみると、とてもその任にたえる人でないことがすぐにわかってしまいました。予算を組んだり管理をしたりということがまったく出来ず、地方公演の旅先で、いきなり何百万円足りないので用意してくれなどと言い出す始末だったのです。

その人物にはもちろんすぐにやめてもらい代わりの人に頼むことになりましたが、奥さんが資金を用意して赤字を補塡するという状況は変わりません。それにもかかわらず舞台はどんどん作られていき、内容的にはそれなりの好評も得ていたのですが、ビジネス的にはまったく成立していませんでした。公演を続けることが出来たのは、私の奥さん自身がスポンサーとして資金を提供することが出来たからというだけのことだったのです。

それでも私は、奥さんの夢がそれで実現されるのなら、自分で稼いだお金をどう使おうが、それはそれでよいと思っていました。公演の初日には、私はいつもバラの花束を持って行ったものです。奥さんもその花束をとても喜んでいました。

やがて、グイン・サーガの五十巻記念公演として、一九九五年に『炎の群像』が上演されました。

　この公演のプロデューサーは、とある大劇場の支配人からプロデューサーに転身したＴ氏という方でしたが、自分でプロデュースした公演に失敗して自己破産をしていたという人物です。資金的な責任をとらなくてもよいという条件で奥さんの依頼を引き受け、公演は当然のようにかなりの赤字を出してしまいました。それでも舞台そのものは熱狂的なファンの支持もありましたし、内容的には奥さんにも満足のいく公演だったように思います。ことに大阪公演の千秋楽での自然発生的なスタンディング・オベーションには奥さんは心から感動していました。

　しかし、その翌年には『ヴァンパイア・シャッフル』、『ネイキッド・ダンス』、『サンタのクリスマス』と立てつづけに公演をやったものですから赤字は急激に増えていきました。しかも、この一連の公演のあいだに、『炎の群像』以上に大規模な公演が準備されていたのです。それが『天狼星』です。プロデューサーは前出のＴ氏でした。この公演をＴ氏のプロデュースでやることになった経緯については、私の奥さんの性格上の弱さが露呈してしまったとしか言いようがありません。

　私の奥さんは相手を敵として認識しないかぎりは、相手の言うことに逆らうということが出来ませんでした。たとえそれが筋の通らない話であっても、強く主張されると不思議なほどに唯々諾々と従ってしまうところがあったのです。Ｔ氏は『炎の群像』でかなりの赤字を出していながら、自分はぜひとも『天狼星』をやりたいと奥さんに持ちかけ、公演をやることにしてしまいました。しかも、天狼プロダクションの状況などはおかまいなしに予算を立てて行き、その結果として出来上がったプランはどう考えても常識を疑うものでした。

当時の天狼プロダクションの状況は考えずに『天狼星』の公演だけとして考えても、T氏の持ってきたプランは成立しようもないものだったのです。すでにグイン・サーガを舞台化した『炎の群像』は経済的には失敗だったのですから、グイン・サーガよりも出版部数の少ない伊集院大介シリーズの予算は当然『炎の群像』よりもずっと抑えられるべきところです。ところが、T氏のプランはグイン・サーガで行った東京、大阪公演ばかりでなく、さらに名古屋公演を追加するというものでした。しかもいざ計画が動き出してみると、T氏をはじめとして誰も支出をコントロールする人間がいないために、ただでさえ無理な予算はさらに出費がふえていくばかりです。

あまつさえ観客動員がかなり悲惨な状況になっていることが明らかになった時期になって、カーテンコールのためだけに数十万の衣装を作るなどという常軌を逸したこともありました。もっとも、それについてはT氏だけの責任にしては不公平でしょう。衣装をはじめとするそうした支出は、演出家である奥さんの指示によるものだったからです。ただ、本来なら演出家の指示とは言え資金がなければプロデューサーがストップをかけるところなのですが、T氏はその役割を果たそうとはしませんでした。

当然のことながら、公演の収支は惨憺《さんたん》たるものでした。T氏は公演の赤字の支払い計画書だけを残して姿を消してしまいました。

その状況で私はそれまでの名義上の社長から、責任者が誰もいなくなった天狼プロダクションの実質的な社長となったのです。その私が、まず手掛けなければならなかったのは債権者への対応でした。

T氏の残した支払い計画書というのは、債権者との了解がついたものなどではなく、たんなる一方的な予定表に過ぎませんでした。そこで、まずやらなければならなかったのが出演者、制作スタッフ、音源制作者、さらに印刷屋から仕出し弁当屋にまでいたる債権者に支払い計画を了承してもらうことです。編集以外の経験のまったくない、それも公演にはまったくタッチしていない私がやるわけですから、話し合いがつくまでにはずいぶんと難航してしまいました。しかも、その支払いに充てられるのは奥さんの収入だけです。そのために、奥さんはそれからほぼ一年にわたって、毎月数百万円もの支払いをすることになってしまったのです。

私はその時に、人の裏表を嫌というほど見せられてしまいました。奥さんの親しい友人であるはずの人達が、私に罵声を浴びせかけて借金の返済を迫るのですが、まったく同時に奥さんに対しては、そのような態度はまったく見せずに楽しそうに次回の公演の話などをしたりしていました。おそらく、直接に奥さんに返済を迫れば今後の仕事にも差し支えるだろうということで、私を通して奥さんに圧力をかけようということだったのでしょう。もちろん、誰もがそうだったというわけではありません。決して経済的に余裕があるわけでもないのに、必ず支払ってくれるのはわかっているからと、頑張って待ってくれる人達もいました。

そのような状況で、奥さんは激烈なストレスにさらされながら執筆を続けるということになってしまいました。しかも、作家としての私の奥さんは、芝居をやっている中島梓とはべつの、「村のお話」で言えばお蔵のおうちの地下でこつこつと小説を書くことだけにしか関心のない、お話の人である栗本薫です。どんな状況であろうとも、自分の意に染まない作品を書くことは出来ないという強烈な矜持が、安易に書き飛ばして行くことを許しませんでした。というよりは、お金のためだけに書くということは、やろうと思ったところで出来なかったでしょう。この時期の膨大な執筆量から、栗本薫は借金のために書き飛ばしているという声を聞くこともありましたが、それは栗本薫という常軌を逸した人間を理解できないための誤解に過ぎません。

こうして、舞台の『天狼星』は私の奥さんに過酷な運命をもたらしてしまいました。

それでも奥さんは舞台づくりを止めようとはしませんでしたが、それは、舞台に対する情熱を失わなかったためというよりも、芝居の世界から放逐《ほうちく》されることへの怖れであったように思えてなりません。

作家としての栗本薫には、執筆のための時間さえあればなんの不足もなかったのですが、中島梓にとってはすでに生活の拠点となっていた芝居の世界、自分の正当な権利を持っている居場所を失うことは受け入れ難いことだったのではないかと思えます。

このように書いてしまうと、私は奥さんは芝居などやらなければよかったのにとか、意味のない失敗だと決めつけているように受け取られてしまうかもしれません。経済的な面から言えば、たしかにそうでしょう。また、奥さんの作った舞台は、必ずしも成功したものばかりとは言えませんし、初期のものを除けば業界ではほとんど無視されていたと言ってもよいでしょう。それでも、私は奥さんが夢を追い続けていたことを無駄なことだったとは思いません。いまでも思い出される、夢のような場面、妖しくも美しい場面、なんどでもあの世界に戻りたいと思う懐かしい場面、そうした場面の数々は私の脳裏にいまでも残っています。莫大な犠牲を払いはしましたが、それでも奥さんは舞台の世界で素晴らしい成果を挙げていたと私は思います。蓄財をすることもなく、豪邸を持つこともなく、多大な犠牲の代償としてそうした舞台を作り上げた私の奥さんを、私はいまでも誇らしく思っています。

ただ、もう少しうまくやることが出来たら、もう少し奥さんにとってよい形でやることが出来たらという思いが残ってしまうのも仕方のないことでしょう。そのストレスがもう少しだけ軽かったら、もしかしたら奥さんは肉体的にもっと健康でいることが出来たかもしれない、そして、もしかしたらいまでも私の隣にいるのかもしれないというどうしようもない思いに苛《さいな》まれることがあるのもまた、仕方のないことでしょう。

そして、その思いが、いつまでも私に「天狼星の呪い」という言葉を思い起こさせてしまうのです。

がんセンターのクリスマス

私の奥さんは、季節の飾り物がとても好きで、正月、雛祭り、節句、クリスマスの飾りは欠かしたことがありません。でも、奥さんが亡くなった年は、喪中ということでそうした飾りつけをすることもなく、その後もしばらくは家のなかの飾りつけをすることはありませんでした。

たしか二年後だったと思いますが、久しぶりにちゃんとクリスマスらしく家の中を飾ろうかと思い立って、納戸にしまわれていたクリスマス用品の箱を取り出してみました。

クリスマス・リースや小さなクリスマス・ツリーを段ボールの箱から取り出したのですが、その中に赤い小箱がありました。幅が五センチばかりで、緑のリボンと鈴がついています。箱をあけると、中にはサンタクロースとトナカイ、それにクリスマス・ツリーがありました。それを見た途端です。私は思わず声をあげて泣いてしまいました。その時にはすでに六十を三つも越えた老人でしたから、それが声をあげて泣いているなどみっともいいものではないと思いましたが、忘れていたさまざまなことがその赤い箱から不意に飛び出してきたように感じられて、こらえきれなくなってしまったのです。

その箱は、クリスマスだというのに集中治療室にいた奥さんのために、せめてこのくらいの大きさのものなら大丈夫だろうと買っていったものだったのでした。

奥さんの入院や闘病生活は、『ガン病棟のピーターラビット』や『転移』に詳しく書かれていますが、ここでは私の記憶にあるがん病棟でのクリスマスのことを書いてみたいと思います。

私の奥さんは二〇〇七年の秋ぐらいから全身にひどいかゆみを覚え、そのために夜も寝られないという状態がつづいていました。それでも、医者嫌いの奥さんは塗り薬をつけるばかりで医者に行こうとはしませんでした。昼間はさほどのことはなく、寝ているときがいちばんひどい、またピアノを弾いているときはさほど気にならないから心因性なのかなどという話もしていました。

原因がわかったのは、十一月十一日のジャズ・ピアノの発表会に行ったときのことです。車で送って行った時に、体が辛いので発表会に参加はするが途中で帰るかもしれないと言って会場に向かった奥さんでしたが、けっきょく最後まで参加しました。すっかり疲れ切って車に戻りシートに坐った奥さんは、そこでふとルームミラーを見て白目が黄色いようだと言ったのです。たしかに、よく見ると白目が黄色くなっていました。

翌日、掛かりつけの医院で診察を受けると、たちまち医者の顔色が変わりました。ひどい黄《おう》疸《だん》になっているので、おそらく胆管がつまって胆汁が逆流しそれが全身にまわってかゆみを起こしているのだろうということです。すぐさま紹介状が書かれ、その日のうちに大学病院に入院するようにという指示がありました。

いったん家に戻り慌ただしく入院の準備をすませて昭和大学病院に行くと、さっそくCT検査がありました。その後で私が担当医師に呼ばれて検査結果を聞かされたのですが、腫瘍によって胆管が詰まっている状態になり、そのために胆汁が体にまわってしまったということです。腫瘍が悪性のものであるかどうかはさらに検査をする必要があるが、おそらくは悪性で一ヶ月は入院する必要があり、退院後の余命も数ヶ月から数年だろうという話でした。

それでも、胆管にチューブを通して胆汁を十二指腸に流す処置のおかげでかゆみは嘘のようになくなり、とりあえずは体も楽になって病室で原稿を書いたりゲラを読むということも出来るようになりました。

はっきりとした病状について説明を受けたのは、入院から一週間ほどしてから、病院のカンファレンス室でのことでした。医師の説明では胆管をふさいでいたのは悪性腫瘍で、手術によって除去しなければならないということです。奥さんは静かにその話を聞いてはいましたが、悲しそうな目になっていたのを見るとなんともいえない気持ちになってしまいました。カンファレンス室を出て病室に戻った奥さんは、最悪の事態も予期していたけれど、チューブだらけになって無理矢理生き延びさせられるようなことにはなりたくない、それよりも生きているうちに一枚でも一行でも先を書きつづけたいと言っていました。

手術は、非常にハイリスクなので、執刀例の少ない昭和大学病院ではなく築地の国立がんセンター中央病院で受けることになりました。

十二月十八日に奥さんはがんセンターに入院、さっそく担当執刀医の説明を一緒に受けたのですが、既往症を聞かれた奥さんが乳がんと答えたところ、乳がんなんて大したものじゃないくらいのことを言われて気を呑まれていました。ともかく、手術をひかえて検査があったり病室に医師や薬剤師、看護師などいろいろな人が説明に来たりでなかなかにあわただしく、私は面会時間が終わると、その頃三田にあった天狼プロダクションの事務所によってひと仕事片づけてから家に戻りました。

帰宅してメールをチェックしていた私は、グイン・サーガ百二十一巻の一話から三話までが病院にいる奥さんから届いていたのにびっくりしてしまいました。このタイミングでメールを出したということは、おそらく昭和大学病院に入院しているあいだずっと書きつづけて、三話まで書けたところで手術の前にがんセンターの病室から送ってきたのでしょう。万が一手術がうまくいかなかったとしても、ともかく中途半端なところではなく、三話まではとはいえ切りのよいところまで書けたので送ってきたということなのかもしれません。そういえば、絶筆となった百三十巻にしても、ともかくも二話の終わりまでは書かれていました。

入院した翌日、奥さんと病室で話をしているところに看護師さんがやってきて、キャンドルサービスがありますと知らせに来てくれました。廊下に出て聞く白衣の看護師さんたちの「きよしこの夜」「牧人羊を」「諸人こぞりて」は、陳腐な表現ですがほんとうに感動的でした。

そのあとで、ラウンジでミニ・コンサートがあるというのでそちらに行くと、すでに入院患者さんたちがおおぜい集まって点滴台が林立しています。奥さんはそのコーラスや演奏を聴きながら、うっすらと涙を浮かべていたように思います。私の奥さんは本来、こういうときに感動しているところを人に見せるのをとても嫌う人だったのですが、『ガン病棟のピーターラビット』には「ぐっとせまるものがあったのですが」などと書かれていましたから、たぶんこう書いたところで奥さんも嫌がるということはないでしょう。点滴台を引いて会場にやってきた患者さんたちを見ていると、この中の何人かの人はほどなくこの世を去っていくのだろうか、などということも考えてしまいました。それでもその時は不思議なくらいに、私の奥さんがそのうちの一人になるかもしれないなどということは考えてもいませんでした。

その翌日が手術の当日でした。

ふだんは寝付きもよく夜寝られないことなどまずない私でしたが、前日の夜は夜中になんども目を覚ましてしまい、朝も目覚ましの鳴る前には起き上がって病院に向かいました。しばらく病室で奥さんと話をしていたのですが、ほどなく迎えが来た奥さんは、車椅子に乗せられて手術室に向かいました。スタッフ専用のエレベータに乗り込み、そして車椅子が私のほうに向けられます。奥さんは、行ってくるね、というようなことを言ったように思いますが、もしかしたら手を振っていただけなのかもしれません。その時になって、とても不安な気持ちが起こってきたのですが、手術が成功するかどうか、その結果についてはあまり考えられなくなっていたような気もします。ただ、車椅子に乗ってこちらを見ている奥さんの小さな姿をいまでもありありと覚えています。

手術は成功しました。

待合室で待っていると、やがて病院から渡されていた携帯が鳴り、私は執刀医の説明を聞きに説明室に行きます。現れたのは、血にまみれた白衣の医師でした。手術は成功したが、膵臓からの膵液が漏れる心配があるので二週間は危険期間だということ、また病理の医師によると胆管のがんではなく膵臓がんの疑いがあり、その場合は術後の管理が厳しくなるだろう、などという話を聞かされました。

五時半ころに集中治療室に面会に行くと、奥さんはほとんど意識もないような状態でしたが、それでも「手術はうまくいったの？」と聞いていました。集中治療室は、病室というよりは手術室の延長のようなところで、一般の病室とは違って厳重に隔離され、入り口で入念に手を消毒してからでないと入れないような場所でした。そして、夜でも照明に照らされたベッドの上で、体にたくさんの管をとりつけられた奥さんの様子は、ほんとうに痛々しいものでした。それでも、手術は成功していたのですし、痛みも厳重に管理された麻酔によってコントロールされていたわけですから、あとは治癒を待つばかりの状態だったとはいえるでしょう。

痛々しいといえば、最初に黄疸で入院したときの状態は、このときに比べるとずっとひどいものでした。胆汁が体中にまわり、そのためにひどいかゆみと痛さに襲われて朦朧《もうろう》としている奥さんに、いったいなんと言えばよいのか、「大丈夫？　苦しい？」などという言葉はとてもむなしく響いてしまいます。大丈夫などではない、まさに苦しんでいる奥さんにかける言葉などありません。それでも、なんでもいいから声をかけたい、苦しさをやわらげることなど出来はしなくとも、奥さんの苦しみに何かこたえたいという気持ちにせかれて、私はいつのまにか「ごめんね、苦しくてごめんね、辛くてごめんね」と繰り返していました。たぶん、あの苦しみのなかでは私の言葉など耳にはいってなどいなかったのだとは思いますが。

手術の翌日も、奥さんの意識はまだ朦朧としたままで、ほとんど寝ているような状態でしたし、集中治療室は長時間付き添っているという場所でもありませんでした。洗濯物だけ受け取ると、私は早々に病院を後にして三田の事務所に行き、仕事が片付くと渋谷の街に買い物に出かけたのでした。そこで偶然見つけたのが、赤い小箱に入ったサンタとトナカイとクリスマス・ツリーだったのです。ちょっとしたきれいなもの、かわいいものが大好きな奥さんですし、病室にもいつも花を飾ったり置物を置いたりしている奥さんにとって、クリスマス・シーズンだというのに集中治療室の医療器具だけに取り囲まれているというのはあまりにも可哀想に思えました。それに、たぶん小さくて可愛らしいものが好きな奥さんは、この小さなクリスマス飾りを喜んでくれるのではないかと思ってさっそく購入、翌々日、それを集中治療室に持っていきました。もっとも、この日は酸素マスクをして横になったままの、かなり重篤な状態でしたからそのお土産に反応することも出来ませんでしたが。

奥さんと別れて病院を出た私は、地下鉄の東銀座駅に向かって歩き、三原橋にさしかかったところでぬいぐるみのショップを見つけました。入院中とはいえ、クリスマス・プレゼントだけは欠かしたくないと思っていた私は、さっそく店内に入ってみました。そして、発見したのがピーターラビットです。高さ三十センチほどのかなり大きな人形で、イラストのピーターラビットそのままの、リアル（というのも妙な話ですが）なものでした。店員さんが、靴もちゃんと脱げるんですよと言って説明してくれたのを、いまでもなぜかよく覚えています。

ひところから、クリスマス・プレゼントというとピーターラビットのイヤーズ・プレートや食器のセットなどピーターラビットづいていたこともあり、この人形を買って翌日に病院へ持っていったのでした。

『ガン病棟のピーターラビット』を読むと、集中治療室のあいだの出来事は赤い小箱のサンタもそうですが、意識が朦朧としてほとんど覚えていないということです。それでも、そのあともずっと病室で奥さんを見守っていたピーターラビットを奥さんはとても気に入ってくれ、『ガン病棟のピーターラビット』として闘病記のタイトルにもなりました。

集中治療室から一般病棟に移動した奥さんは、徐々に回復に向かっていきました。大みそかの日には、それまでずっと入っていた麻酔の管も抜かれたのですが、そのためにかえってひどく苦しそうな状態になってしまいました。麻酔が切れて痛みがまたひどくなったというよりも、麻酔の禁断症状のような形での苦痛だったようです。この苦しさはよほどこたえたと見えて、もう麻酔はいやだとさえ言っていました。この時の経験が、その後の闘病の日々にずいぶん影響を与えてしまい、そうとうひどい痛みがあっても鎮痛剤を飲むのをいやがるようになりました。そのために、特に最後の半年間というものは、鎮痛剤で痛みをやわらげておけばよいのにと思うような時にも、かたくなに飲むのを嫌がって辛い日々を送ることになってしまいました。

痛みや苦痛に強いというわけではもともとなく、私から見れば華奢《きゃしゃ》でお蚕《かいこ》ぐるみがふさわしい私の奥さんが、苦痛にさいなまれている様子を見るのはほんとうに辛いことでした。見るのが辛いというよりも、こんなことは正しいことではないというような思いでしょうか。たぶん、子供が怪我や病気で苦しんでいるときに親の感じる気持ちと同じようなものがあったのだと思います。そして、それが頂点に達してしまったときに、私は奥さんに「ごめんね」と言ってしまったのだと思います。後から考えても、どうして私が奥さんに謝ったのか、もしかすると奥さんにどうして謝るのかと聞かれたような気もしますが、その時に答えたのか自分でただそう思っただけなのか、ともかく私は誰かが謝らなくてはいけないという気がしていたのです。

そうした苦しい入院生活でしたが、やがて退院の日がやってきました。年があけた一月十九日、入院したのが十二月十九日でしたから、ちょうど一ヶ月あとの退院です。膵液を抜くための管がまだ残っているために、先に袋のついた管がお腹から出ている状態でしたが、それでも、手術直後の何本もの管に繋がれ、点滴もついていた状態に比べたらずいぶんと楽になったものです。

寒くないようにたっぷりと着込んで、先に袋のついた管を持った奥さんは、久しぶりに私の運転する車に乗り込んでがんセンターを後にしました。ほんの少しの振動でも傷にこたえてしまうので、ほぼ徐行運転状態で、路面のでこぼこを避けながら運転をしていたことをいまでも覚えています。それでも手術は成功、あとは傷の回復を待つばかりというわけでしたから、奥さんも私も退院のときは、乳がんの手術のときと同じようなものだという気持ちで、ずいぶんと希望に満ちてはいたのでした。

誇らしげな焼売

奥さんはひところ、宝塚の舞台をよく観にいっていたものでした。宝塚の大劇場やバウホールに行くこともありましたが、さすがに遠いものですからいつもというわけにもいきません。もっぱら行っていたのは有楽町の東京宝塚劇場、それも、いまの東京宝塚劇場ではなく古い建物のころでした。正面玄関の右手に楽屋口に続く通路があって、奥さんはそこから楽屋へ行ったりもしていたものです。

宝塚劇場に行くときに利用していたのは帝国ホテルです。食事ばかりではなく、舞台のはねた後に役者さんと待ち合わせるときなども、だいたいは帝国ホテルでした。時には私も奥さんが役者さんと食事をするのに同席していたことがありますが、宝塚というものにまったく縁のない人間がそうした席にいるのは、なんともすわりが悪いものでした。もっとも、当時編集者だった私は、そうした場面で、いるのかいないのかわからないほど目立たないでいるという特技がありました。奥さんはそれを「秘術透明人間」と言っていましたが、そんなこともあって一緒にいても邪魔には思わなかったようです。

帝国ホテルといえば、ガルガンチュワというホテルショップにも行くことがよくありました。洋風惣菜や中華惣菜、それにスイーツやパンなど、さすが帝国ホテルのショップだけあってどれもおいしいのですが、奥さんは甘いものにはあまり興味がないので、もっぱら惣菜類やパンを買っていました。

あるとき、私たちは中華惣菜の焼売を買って帰りました。ところが、外食が多かったか他の食材がたくさんあるので食べる機会がやってこなかったのか、なかなか手を付けられずいつまでも冷蔵庫のなかに放置されてしまっていました。気がつくと、せっかく買ってきたガルガンチュワの焼売でしたが、すっかり傷んで食べられなくなっていました。

私が思わず、「帝国ホテルで誇らしげに並んでいたというのに、とうとう傷んじゃったね」と言ったのですが、なんと驚いたことに奥さんは涙さえ浮かべてこう抗議したのです。

「そんなこと言うと可哀想でたまらないから言わないで」

いかにも高級惣菜然として並んでいた焼売を、きらきらと目を輝かせながら張り切って並んでいるように感じた私は思わずそう評したのですが、それが奥さんの気持ちをひどく傷つけてしまったようです。もしかしたら、痛むまで放置してしまったことへの後ろめたさもあったのかもしれません。後ろめたさという心の働きも、奥さんが弱いもののひとつではありました。そして、そうして奥さんを責める後ろめたい気持ちは、とうとうウシロメタムシと名づけられたのですが、たぶんこの時は後ろめたさのせいではなかったと思います。

誇らしげという言葉から、自負に燃えた若者が、報われることなくやがて夢破れて挫折していく物語を、奥さんはたちまちのうちに頭のなかに作り上げてしまったのでしょう。私はあわててあやまり、この話はもうしないからと言ったものでした。

その後も、似たような思いを感じさせる出来事があるたびに、「誇らしげな焼売」という言葉が私達のあいだには出てくるのでした。

私たちのあいだでだけ通用するこうした言いまわしは、誇らしげな焼売のほかにもいくつかありました。たとえばお留守番クモさんです。

奥さんはクモがとても苦手でした。苦手というよりも恐怖を抱いていたというほどです。どうも子供のころに読んだ楳図かずおのマンガがいけなかったようです。そのマンガに出てくるクモがよほど怖かったかして、クモを見ると体がすくんでしまうほどでした。

六本木の賃貸マンションから目黒に引っ越してきたときのことですが、まだ家具もなくがらんとした部屋の白い壁を一匹のハエトリグモが歩いていました。見たとたんに奥さんは恐ろしくなってしまい引っ越しにも支障をきたしそうな勢いでした。そこで一計を案じた私はこんな話をしたのです。

「このクモはね、私たちがやってくるまでお留守番をしてくれていた、お留守番クモさんなんですよ」

　この話は私も驚くくらいに効果を発揮して、奥さんのクモに対する恐怖はきれいさっぱりとりのぞかれました。たぶん二十年は続いていただろう恐怖心が、なんでそんなかんたんになくなったのか不思議なのですが、たぶん、楳図かずおのマンガが作り出した恐ろしいクモという物語が、お留守番をしているクモさんという物語に差し替えられたのでしょう。それからは、ハエトリグモを見ても怯えるどころか、お留守番クモさんとして可愛いとすら感じるようになったのです。

　私たちの会話には、誇らしげな焼売やお留守番クモさんのような、物語が付随してしまっている言葉というわけでもないのに、妙にひっかかる言葉というのもありました。たとえばドジョウです。

　なにか真面目な話をしているときに、たとえば私が「日本の文化的土壌というものは……」などと言おうものなら、奥さんは突然「ドジョウが出てきてこんにちは！」と叫ぶのです。とにかく、「ドジョウ」という言葉が出てくるとどんな文脈だろうがどんな話題だろうが「ドジョウが出てきてこんにちは」となってしまいます。話の流れから土壌という言葉が出てきそうになるともう待ち構えているようで、私が無理矢理に土壌という言葉を使わずにいると不満そうな顔をすることさえありました。

似たようなものに中目黒もあります。「今日、中目黒を電車で通りかかったら」などといおうものなら、「アラマタマッチャンキャーメグロ！」となるのです。このキャーメグロというのはおてもやんという民謡から来てるのだと思いますが、この原稿を書くために念のため調べてみたら「川端まっつぁんきゃーめぐろ」というのが正しい歌詞のようです。たぶんうろ覚えのおてもやんのきゃーめぐろが中目黒に似ているので面白がっていたのだと思いますが、それにしてもなぜアラマタマッチャンなのか謎です。たぶん、奥さんもわかってはいなかったのでしょうが、ともかく中目黒という言葉が出てくると「アラマタマッチャンキャーメグロ！」となってしまったのです。

けっきょくのところ、奥さんはそういう気分というか状態のときには、とても剽軽な人でした。言葉に関するものではありませんが、夏の暑いときにベッドに横になっている奥さんを団《うち》扇《わ》でぱたぱたとあおいでいたら、両手両足を上にあげてゆらゆらと動かしながら、「ぷぉーん」と言っていたことがありました。なんなのそれは、と聞くと、蒲焼ごっこという返事が返ってきて仰天したことがあります。

長年いっしょに暮らしていると、まったく同じようなことを考えていることがあるものです。そんなときに、共に過ごした時間のことを思って私が感慨にとらわれながら、「私もまったくおんなじことを考えていましたよ」と私が言うことがあります。ところが、そもそも感慨にふけるということが——少なくともそれを見透かされることが——大嫌いで天邪鬼な奥さんは、必ず暗い顔でこう切り返したものでした。

「あ〜あ、私の作家生命もおしまいだ」

この切り返しは私がすっかり気に入ってしまい、それを聞きたいばかりに「私もまったくおんなじことを——」ということもありました。

長年いっしょにと言えば、たしか結婚して二十年ほどたった頃でしたが、なにかの話をしているときに「二十年の重みですねえ」と言ったのですが、これもやはりずいぶん嫌がられて、「よせよせ、そんな気持ち悪いことというな！」と言われたものです。でも、そういうときの奥さんは、本気で嫌がっていたわけではなかったと思います。

「二十年の重み」は「四半世紀の重み」になり、やがて「三十年の重み」になりました。そのたびに奥さんは必ず「やめろ気持ち悪い」と反撃をしていたのですが、ある時、たぶん、これは闘病生活をしていた病院でのことだったような気がするのですが、「キタがよく言う三十年の重みって、ほんとうにそうなのかもしれないね」と口にしました。それを聞いた私は、なんとも言えない気持ちになりました。

拾われた赤ちゃん

二〇〇九年四月四日の日記に、私はこんなことを書いていました。

食後にベッドであずさはひどく落ち込み、何も出来ないし何も食べられないと泣いている。しばらく話をしているうちに落ち着くが、台所で片付け物をしてから寝室に戻ると、また泣いている。私に拾われた赤ちゃんが、とうとう大人になることが出来ないまま死んでいくのかと思うと悲しいという。

四月四日は、奥さんの命はあとひと月ばかりとなっていたころでしたが、『転移』の記述や私の日記を読むと、まだまだ回復への希望を捨てきってはおらず、家族のための食事を用意したりもしていました。とはいえ、体力も尽きてきて、ほとんど食事もとれずたえず苦痛にさいなまれる状態でしたから、ひどく気持ちが落ち込むことが多くなってきていました。とくにこの日は体調がことさら悪く、苦しいことが常になっている日々のやりきれなさと、別れなければならないことごとへの思いに打ちひしがれてしまったのだと思います。

苦しいことが常になっている日々によりそっているのは、私にとっても辛いことでした。せいぜいが背中をさすったり、苦しみを聞いてあげるほかは何もできないのです。あまりの無力感に、私のほうが苦痛に強いだろうから、せめて痛みだけでも引き受けてあげられないかとすら思いました。もっとも、そんなことを思ったのもそれが出来ようもないからこそなのでしょうけれど。

奥さんが亡くなってからの時間が経ていくうちに、そうした日々のあったことも次第に思い出されることも少なくなり、いつのまにか記憶のなかから消えていってしまったような気がすることがあります。でも、こうして原稿を書いていると、そのころの日々がまざまざと思い出されてしまい、いつのまにかその時に引き戻されてしまったようになってきます。

話が横道にそれてしまいました。「私に拾われた赤ちゃん」という言葉は、一緒に暮らしてきたほぼ三十年という歳月の、私たちの関係を象徴する言葉でした。

初めて私が奥さんと出会ったのは、まだ私がSFマガジンの編集長にもなっていなかったころ、そして奥さんもまだ『ぼくらの時代』で華々しく脚光を浴びるまえのことでした。早稲田の卒業生で面白い評論を書く人がいるという話を人づてに聞いた私は、さっそく電話をかけて会うことにしたのです。お茶の水の待ち合わせた喫茶店で、奥さんは編み物をしながら待っていました。『文学の輪郭』で群像新人文学賞評論部門を受賞はしていたものの、『ぼくらの時代』も『絃の聖域』もまだ発表されておらず、そのときには小説を書く人だとは私は思っていませんでした。

そもそもどんな物を書く人なのかもよくわかっていませんでしたから、とりあえずは様子見とばかりに、さまざまな小説の話から世間話までとりとめもなくしていたのです。とにかく無類に話が面白く、とてつもない読書量に裏付けられた博覧強記ぶりに圧倒され、たしか半日ほどずっとその喫茶店で話をしていたように思います。とりあえず軽いエッセイをということで、SFマガジン七八年六月号に「中島梓のおしゃべり評論——横田順彌の不思議な世界」が掲載されました。

以来、私の奥さんはSFマガジンの常連寄稿者になりました。頭の回転が速くて話が面白く、話題が尽きることもなかったものですから、打ち合わせに行けば話はなかなか終わりません。昼頃に奥さんの家に行って、深夜になって帰るということも珍しくありませんでした。

たぶん、そうして話をしているうちに、私と奥さんとはただの編集者と執筆者という以上の気持ちになっていったように思います。私はやがて私の奥さんが、たんに才能豊かな執筆者ではないことに気づくようになっていきました。

裕福な家でなに不自由なく育ったはずの奥さん、しかもあふれんばかりの才能に恵まれて飛ぶ鳥を落とす勢いで作家として活躍していた奥さんでしたが、心の傷の痛みに苦しんでもいたのでした。それに私が気づくようになったのは、あるいは奥さんがそれを見せるようになったのはいつごろだったか、いまではわかりません。

なにぶん四十年以上まえの話です、どんなことが起こりどのように物事が動いていったのか、いっしょに遊びに行ったり飲みに行ったりしていたことも、思い出せるのは断片的な記憶ばかりです。たとえば、上野のゲームセンターに行ってアーケード・ゲームをやったことは覚えています。その当時、インベーダーゲームが大流行で、奥さんはそういった場所に行ったことはまったくなかったのでその時は面白がっていましたが、けっきょくゲームセンターに行ったのはこのときだけでした。

銀座のいわゆる文壇バーなどは私にとっては仕事場みたいなものでしたから、奥さんとよく飲みに行っていたのは四ッ谷にあったホワイトというバーです。たぶん、青い部屋に行くようになる前だったと思いますが、上村一夫さん、筒井康隆さんもよく顔を出している店でした。

たしか『ルンルンを買っておうちに帰ろう』でデビューする前の林真理子さんもいたように思います。そうした常連客で深夜まで盛り上がっていた店でしたが、奥さんは門限があるのでだいたいは途中で切り上げて帰っていました。奥さんから、夜遅く帰られると起こされて迷惑だから早く帰るか外泊をしてくれと言われていると聞いて、不思議な家もあるものだと思ったことが思い出されます。

こうして飲みに行ったりバンドをやったり、たぶんいちばん大きかったのは奥さんの家で長時間話していたことだと思うのですが、私にとっては奥さんがしだいに特別な存在になっていきました。ただ、すでに結婚をしていた私が離婚をし、奥さんと結婚をすることになるまでの経緯については、奥さんもふくめてそれにかかわる人たちを傷つけてしまうように思うので、それについては書かずにおきたいと思います。

この頃からだったと思いますが、奥さんは私に『真夜中の天使』を初めとする、まだ未発表の自分の原稿を読ませてくれるようになりました。ビニール表紙のノートや、自分で和綴にした小さな本です。ことに『真夜中の天使』は奥さんにとっては人に見せることなどあり得ないと思うほどに大切で、しかもどのように受け取られるかを怖れている作品でした。やがて文藝春秋社から出版されたときにも、著者校をまともに読むことができずに、目を細めて文章が読めないようにして校正をしたというほどに重い作品でした。それを私に読ませてくれたということは、私も奥さんにとって特別な存在になっていたのでしょう。

そのころ奥さんから聞いた印象的な話がひとつあります。寒い夜の町をひとりで歩いていると、家々の窓から明るく暖かい部屋のなかの団欒《だんらん》の様子が見える、でも自分はそのどこにも居場所はなくて夜の寒さのなかにいるほかはない、というものです。これがどのような話のなかで出てきたのか、そんな夢を見たことがあったということだったのか思い出せませんが。

もうひとつ、私に印象的だったのは、奥さんが『地球生まれの銀河人』というSFを高く評価していたことです。現代アメリカでごくふつうに生活していた主人公は、じつは自分が星間飛行を自在にあやつる銀河人の一人だということを知らずに孤独を感じていた。しかし、ふとしたきっかけから銀河を舞台にした大冒険に巻き込まれていくという話です。この本は私ではなく同僚の担当していた本で、内容も知っていればどう評価されているのかもよくわかっていました。手慣れたストーリーテリングですが、ありがちなマイナー作品だと思っていたので、奥さんがこれを高く評価していることが不思議でした。しかし、奥さんは地球人のなかのたったひとりの銀河人として正しい居場所にいない主人公に、自分の居場所がないという感覚を重ねあわせていたのだったとわかって納得がいきました。

そうした話をするなかで、奥さんの心の深淵がしだいに私には見えてきました。そのような時の私の奥さんは、ひどくよるべのない印象を与えました。この人は助けを必要としている……

…私はそんな気持ちを次第に奥さんに対して持つようになりました。私が感じていた奥さんのイメージは、誰もいないがらんとした広い家のなかで、一人で泣いている赤ん坊でした。そして、私はその赤ん坊を助けなければいけないという強烈な気持ちを持つようになってしまいました。

私が奥さんと結婚することになったいちばん大きな理由は、このような気持ちがあったからなのだと思います。私たちの結婚は、私の奥さんの心のなかにある、赤ん坊を拾い上げたことが契機となったのです。

もちろん、この赤ん坊のイメージは私と奥さんとの関係のすべてではなく一部です。作家として強烈な自負心を持つ奥さんにとっては、一介のサラリーマンに過ぎない編集者との結婚というのは、ある意味自分が保護者であることを引き受けることでもあったと思います。また、稀にみる才媛として活躍する奥さんには、格別な才能も持ち合わせてはいない私との生活は、ある種の妥協という面もあったのではないかという気もします。

私たちの結婚パーティがあったときに、私はある方から「あなたはこれからは今岡ではなく、中島梓の夫として世間から見られるようになるんだよ」と言われました。もちろんそのつもりですと私は答えました。

それでも、たぶん私たちの生活はよるべのない赤ちゃんである奥さんと、それを拾い上げてしまった私という構図が基本にはあったのだといまでも私は思っています。

前にも書きましたが、私の奥さんという人は、仕事に関しては編集者と意見があわなければ一歩も譲ることはなく、作家としての矜持を高く持った人でした。そうした顔だけを知る人には、私の奥さんは気丈な女性であるというイメージを持たれがちです。

しかし、日常の人間関係については事情はまったく逆でした。そもそも、人と会うことそのものがひどいストレスの原因となり、立てつづけに人と会ったりすると、特に嫌なことがあるというわけでなくても落ち込んでしまうことがあるほどでした。そういう時に、「人あたりをした」と言っていたものです。ことに自我を押し付けてくるタイプには非常に弱く、相手の主張に逆らうことが出来ずに言いなりになってしまうということも少なくありませんでした。もちろん、それは納得した上でのことではありませんから、割り切れないものが残ってしまい、やがてそれが怒りや恨みとなってくすぶってしまいます。

「村のお話」に書いた怒りの塊は、そのような人間関係のなかで自分自身を守るためでもあったと思います。しかも、この怒りの塊はたんに自己防衛のための人格というばかりではなく、それまでに晴らされることのなかった、怒りや恨みのすべてが沈殿している澱《おり》のようなものでした。そして、ひとたびそれが活性化すると、過去の怒りや恨みがざわざわと動きだしてはけ口を求めて動き出すのでした。

いまでもありありと覚えている、こんな光景があります。ベッドサイドのスツールにすわった私がベッドで横になっている奥さんと寝室で話をしているときのことです。奥さんがなにかのきっかけで私に怒りだしたのですが、それが止まらなくなって初めに怒っていた話とはまったく別の話になり、しかも私に向かって怒っているはずの奥さんの視線はもっとずっと遠く、あたかもそこに誰かがいるかのように私の背後に向いていたのです。その状態は数時間にわたって続き、そのあいだやむことなく奥さんは怒りつづけていたのでした。それは、私に対する怒りによって活性化された、過去の怒りや恨みが動き出してしまったということなのでしょう。

こんなことを書いていると、不快な思いをされる方がいらっしゃるかもしれません。しかし、『真夜中の天使』の今西良を突き動かしてやまなかった怒りは、この私の奥さんの心の深淵にひそむ怒りです。私の奥さんがその深淵を見せるようになると同時に『真夜中の天使』を私に読ませたということは、たんに世に出ていない作品を私に読ませたということではなく、自分自身のなかにある暗黒の部分を見せたということでもあったのだと思います。

『真夜中の天使』が一部の読者に熱狂的に迎えられ、また一部の読者からの顰蹙《ひんしゅく》を買ったのは、私の奥さんのなかの暗黒の部分の表出であるからだろうと思います。小説を書くということは自分のすべてをさらけ出すことだと奥さんはよく言っていましたが、『真夜中の天使』はまさにそのような作品です。

怒りの塊が激発してしまうと、奥さん自身にもどうすることも出来ない、奔流にもてあそばれるような状態になってしまいました。私が奥さんを怒らせると、それによって怒りに振りまわされて奥さん自身が苦しくなるのだから、怒らせないでくれと言うことさえありました。もっとも、そうすることはいま考えても無理だったと思います。過去の怒りや恨みは、私の話す言葉を絶えずうかがっていて、きっかけとなるキーワードを待ちかまえていたのですから。それどころか、その言葉が出ざるをえないようなやりとりをすることによって怒りの塊が爆発するということもあったのです。怒りはそうして周到に罠を張りめぐらしていたようにすら思えます。

怒りを起こさせずにおくことは出来なくとも、それを私が冷静に受け止めていることさえ出来ていればと、いまは思います。しかし、私にはそうすることは出来ませんでした。なみはずれた語彙力と表現力が駆使された罵倒を浴びせかけられているうちに、私も次第に精神の失調を来してしまったようです。これこそ後から思い当たるようなことですが、この時期、私は鬱状態に陥っていたようです。しかも、アルコール依存症に――診断を受けたわけではないので、医学的に中毒症状になっていたかどうかはわかりませんが――なってしまいました。お酒を飲むたびにすぐに泥酔してしまい、一切の記憶を失ってしまうということがたびかさなりました。

怒りとはまったく別の存在である赤ちゃんにわかるのは、私が安心して保護してくれる存在ではなくなったということです。よるべのない赤ちゃんは、せっかく保護されて安心できると思っていたのに保護者がいなくなってしまいました。赤ちゃんの不安はさらに奥さんの怒りを駆り立て、家の中はすさみきってしまいました。

このころ、奥さんは真剣に離婚を考えていたようです。原因がなんであれ、すぐに泥酔してしまうような夫と、しかも絶えず怒りをかきたてられ平穏な日常を送ることも出来ない夫と暮らさなければいけない理由はないでしょう。奥さんのなかの成熟した大人は、それが正しい選択だと思っていたのではないかと思います。それでも、結果として離婚という事態に至らなかったのは、私は赤ちゃんのおかげではないかと思っています。大切に保護してくれる人だと思っていた私が、寄りかかるとすぐに倒れてしまう頼りない存在だとがっかりしながらも、赤ちゃんにとっては、また広い家のなかにたった一人でいることになるのは嫌だったのではないか、また捨てられた赤ちゃんに戻るのが悲しかったのではないかと、そのように思えるのです。

私はこのままでは私たちの家は崩壊してしまうし、私自身も廃人になってしまうと思い、なんとかアルコールを断とうとしました。失敗を重ねながらも、それでも二年ほど禁酒を続けることができました。少なくとも、アルコール依存症の状態はなんとか脱したようです。奥さんも私が泥酔をすることが減っていったことで多少は安心したのでしょう。奥さんの気持ちが絶えず動揺しつづけるということも少なくなっていきました。

その頃からだったと思いますが、奥さんは自分の中に杉の子が生まれたという話をするようになりました。根源的なところで自分に自信を持つことができず、いつも不安を抱えていた奥さんが、自分自身の根拠とでもいうべきものを持つことが出来るようになり、それがお山の杉の子として育っているというのです。それは本格的に音楽に取り組むようになり、ピアニストの嶋津健一さんからジャズ・ピアノのレッスンを受けるようになったころのことでした。

ジャズ・ピアノのレッスンについては、とても印象的だった言葉があります。それは、「自分の歌が見つかった」というものでした。

奇異に響くかもしれませんが、奥さんは自分がどんな声を持ち、どんな顔をしていたかをよくわかっていないようでした。てらっているわけでもふざけているわけでもなく、鏡を見ながら不思議そうに、これが自分の顔なんだろうかというようなことさえありました。

私の奥さんである栗本薫という作家は、登場人物がどれほど高潔であれ卑俗であれ、どれだけ勇敢であれ怯懦《きょうだ》であれ、そのそれぞれになりきってしまいます。奥さん自身が自分のなかに、そのそれぞれの要素を持っているからこそそれが可能だったのでしょう。小説を書いているうちに、そうした特徴がますます強化されたということもあるかもしれません。

実際に生活をしていく上でも、可愛らしいもの、優しいもの、静かな日常を愛している奥さんもいれば、作家として編集者と仕事をし、演出家として役者の対応をし、また小説教室の講師として生徒たちに講義をしている奥さんがいるわけです。そのそれぞれが、違う顔と声を——声はほんとうに柔らかい自然な声で話しているときもあれば、硬くて喉の緊張を感じさせる声の時があります——持っているのですから、どれが本来の自分であるのかわからなくなってしまうのでしょう。

そのおかげで、奥さんの小説の登場人物たちはどんな端役であろうと、どんなに卑しく怯懦な人物であろうと筋立てのためにだけ存在する人形ではなく、それぞれの人生を抱えて生きています。そして、それが小説に深みを与えてくれるわけなのです。

しかし、そうしてさまざまな登場人物になりかわることで陰に押しやられていったのは、自分自身そのものだったのではないでしょうか。ほかの誰の後ろに隠れることもなく自分自身としてフロントに立つというジャズ・ピアノという表現形式、それを身に着けたときに、自分の歌を手にしたと感じたのではないかと思います。

杉の子というのは、自己の存在に不安を持ったまま、自分をきちんと主張することの出来なかった奥さんの中に芽生えたものの象徴だったのでしょう。

杉の子の話は、しかしある時期から聞かれることはあまりなくなりました。「村のお話」によって奥さんのなかに村が出来上がり、そこに自分自身を主張する人々が住むようになって、杉の子の使命が終わったのかもしれません。いったんは杉の子として、雄々しく育っていくものとしての姿をとっていた赤ちゃんは、確固とした存在である村の住人がいるようになって、こんどは安心してまた元の赤ちゃんに戻ったのではないかという気も私はしています。

「村のお話」にも登場していた、黒い森に住む怒りの塊は、以前ほど頻繁に暴れだすことはなくなってきました。ときによっては猛威をふるうことがありましたし、がんが発見されて闘病生活を送るようになった後になっても、怒りの塊が動き出すことはありました。それればかりか、時によってはそれは奥さんを死の方向へと誘いさえすることもありました。それでも、いつもはびこっているということはなくなり、どれほど猛威をふるうことがあっても、ほどなくして大人しく黒い森のなかに引き下がるようになりました。

私に拾われた赤ちゃんはだんだんと成長して、世界から自分を守る殻も少しずつ出来上がっていきました。しかし、とうとう大人になることはできませんでした。杉の子の成長を誇らしげに話していた奥さん、そして赤ちゃんが大人になっていけば、生きることが楽になるだろうと楽しみにしていた奥さんは、それがかなわないだろうと思えて悲しかったのでしょう。

若いころは愚かしく怯懦であった私も、少しは成長して奥さんを支えることが出来るようになってきたようにも思っていました。そして、私と奥さんの二人で、拾われた赤ちゃんを大人に育ててあげることが出来れば、私の奥さんはきっとおだやかで平安な日々を送ることが出来るのではないかと思ってもいました。

年老いた私と奥さんとで、昔はいろいろあったけれど、いまは幸せだねえと言いあえるようになるのではないかと夢想していたこともありましたが、それは実現しませんでした。

そういうわけで、いまでも老夫婦の睦まじげに歩いている姿を見ると、とても羨ましい気持ちになってしまうことがあります。

春にして君を離れ

私の奥さんがもっとも衝撃を受けた本としてたびたび取り上げていた作品に、アガサ・クリスティーの『春にして君を離れ』があります。

一人の老婦人の心の旅路とでもいうべきものを描いたこの作品は、それまではクリスティー作品のなかでもあまり目立つ存在ではありませんでした。しかし、奥さんが取り上げたことで一挙に注目され、文庫版の巻末に解説を寄せることにもなりました。その解説にはこんなことが書かれています。

ここで自分の生育史について、ぐだぐだと鬱陶しく語るつもりはないが、私がこの本にこれほど惹かれたというのは結局のところ、この本の《ヒロイン》である（アンチ・ヒロイン、というべきかもしれないが）気の毒な（とあえて云おう）ジョーン・スカダモアを連想させるような家族を私が持っていた、ということとは切り離しては考えられないだろう。この本のひとつひとつのフレーズ、文章のひとつひとつ、セリフのひとことひとことが私のなかに、切り込まれるように焼き付いた。いまでも、私はそらでこの本のかなりの部分の文章をそのまま口にのぼせることが出来る。それほど、この本には、いっとき、溺れた。そしてこの本によって救われた、と思いもしたし、この本にそれほど「心当たり」を持ってしまう自分の生い立ち、というものを不幸なものにも思った。

「心当たり」というのは、私の奥さんがずっと感じていた親子の葛藤のことです。それについて、私がどう書き残すべきなのか悩みます。私は奥さんの心の深奥につきあい続け、この葛藤についてもずっと話しあってきました。そしてこの「心当たり」がいかに奥さんの心に深い傷跡を残していたかは、奥さんと同じようにわかっていると思っています。しかし、だからこそ奥さんの感じていたことに不幸な行き違い、誤解のあるということも考えなくてはなりません。それに存命の人たちも関わることですから、軽々に扱うことはためらわれます。

ここでは私の知ることを書くことで、奥さんがなぜそのような葛藤を抱えることになってしまったかについての手掛かりを書いておくにとどめておくことにしたいと思います。

奥さんが亡くなるしばらく前に、奥さんのお母さんが私たちのマンションの隣に引っ越してきました。奥さんが亡くなってからは、私は義母と話をする機会も多くなり、奥さんの視点から見た母というものとは違う人物像が次第に見えてきました。それによって、私がそれまでに持っていた疑問のかなりの部分が解決することにもなりました。

私の奥さんは自分がある意味遺棄された子供であったと感じていましたが、それは原因のないことではありません。まだ幼児だった時期に弟の大病があり、母親には充分に娘を甘えさせる余裕がなかったということもあるでしょうし、その弟の面倒を見るために住み込みのお手伝いさんが家のなかで大きな存在になりすぎてしまったということもあるでしょう。そればかりではなく、奥さんの知能と才能がその感覚を増幅してしまったということもあったのではないかという気がします。幼稚園での知能指数の検査でIQ百五十二という非常に高い点を出した奥さんは、また異常なほどに感受性が鋭く、ふつうの子であったならやり過ごせたような出来事にすら深く傷ついてしまったのではないでしょうか。さらに、記憶力も非常に優れていたためにそうした傷がいつまでも残ってしまったということがあったのかもしれません。

記憶力は作家・評論家としての奥さんにとっての大きな武器ではありました。ただ、それが日常生活では、かえって奥さんを苦しめていたのではないかとも思えます。私と暮らし始めてからも、奥さんは昔の記憶によって苦しめられることがよくありました。とつぜん、過去の嫌な出来事が思い出されて顔色が変わり、悲鳴をあげるというようなことがありました。ときによっては、嫌な記憶だけではなく、ただ昔のことが思い出されるだけで思わず悲鳴をあげてしまうこともあったのです。私とそうしたことについて話をするようになって過去の記憶からの襲撃について説明出来るようになると、奥さんはそれを「カジカジ」と呼ぶようになりました。記憶が奥さんの頭を、まるで虫のように齧《かじ》ってしまうというのです。記憶からの襲撃は、名前をつけられることによっておさまっていきましたが、忘れてしまえば楽になるような記憶がいつまでもわだかまっているということには変わりはありませんでした。

さらに、奥さんの物語を生成していく能力や物語に没入していく能力もまた、障害になっていたような気がします。

親子の葛藤について、奥さんはアリス・ミラーの『魂の殺人――親は子どもに何をしたか』という本の影響を強く受けていました。この本は、ヒットラーや少女娼婦クリスチアーネの幼年時代を分析することによって、親が自身のエゴを守るために子供の精神を打ち砕いていくという構造を問題にしたものです。たしかに、よく書けていて説得力もあり、また親子の葛藤について示唆に富んだ本であることは間違いないでしょう。しかし、父親から躾《しつけ》として、拷問とすらいっていいような虐待をされていたヒットラーと、日本の恵まれた家庭で一度として手をあげられることなく育った奥さんを比較するのは無理があるように思えます。

多少余談になりますが、アリス・ミラーの描く教育というもののあり方には、ヨーロッパの文化的な土壌があります。ヨーロッパでは——私の理解では——子供は野獣と同様であるから、きちんとしつけなければ野獣のまま大人になってしまうという発想があるようです。ひるがえって日本の子供について、大森貝塚の発見で有名なエドワード・モースが、日本は子供の天国であり、叱られることもなく大切にされて、日本の子供は世界でいちばん幸せだと『モースの見た日本』という本のなかで書いています。教育について特に勉強したというわけでもない私が、たまたま目についた記事などを読んで考えたことですから信頼がおけるとは言い難いとは思いますが、少なくともアリス・ミラーの描いた世界と奥さんの育った世界とはかなり違っていると思います。

本というものから非常に強く影響を受けやすい奥さんは、小説に限らず評論であっても本の描くある種の物語の中に没入してしまい、そこから自分自身の物語を新たに作り出してしまうという傾向はありました。ある時など、私の奥さんは暗い顔をして「私たち、もう別れたほうがいいのかな」などと言っているのでよくよく話を聞いてみると、どうやらその時に読んでいた『妻たちの思秋期』という本のせいのようでした。さすがにこの時には自分が本によって影響を受けていることにすぐに気づいて、そのように動く自分の気持ちに辟易《へきえき》していたところもあったようでした。『妻たちの思秋期』の件はすぐに笑い話になりましたが、『魂の殺人』は奥さんの心の中に深く根をおろしてしまったようです。

事実関係を考えればあてはまるとはいえない『魂の殺人』の虐待の物語に奥さんは没入してしまい、自分を主人公とした物語をあらたに再生してしまったのかもしれません。そして、結婚をして親との距離が離れると、その物語は現実によって修正される機会が減ってしまったためにさらに増幅されていったのではないかという気もします。

じっさい、身辺の面倒を見てくれていたお手伝いさんが亡くなり、一人住まいになった母親のために奥さんはマンションの隣を買い、青戸から引っ越してきた母親と日々顔を合わせるようになりました。はじめのうちは戦々恐々としているといってもおかしくないほど、そのことに不安を感じていました。また、接する機会が増えたために気に障ることも多くはなってきたようです。しかし、それとは別に、奥さんにとって恐ろしい存在となっていた母親が、じつはずっと会わないでいるうちに想像のなかで育ってしまった幻影だったということにも気づかされたようです。

たぶん、そうしたこともあって、音楽の章でふれた「誕生日の夜に」という曲を書く気持ちにもなったのではないかと、私は思っています。

転移、そして……。

二〇〇八年二月十三日は奥さんの五十五歳の誕生日でした。

この日、病理検査の結果を聞くためにがんセンターに行った私たちに告げられたのは、原発巣は胆管がんではなく膵臓がんだということでした。胆管が詰まってしまったのは膵臓がんが転移したためであり、しかもリンパ節への転移も認められるということです。手術が成功し、術後の傷さえ治れればと思っていた私たちですが、この話によって他の臓器への転移の不安に怯えることになってしまいました。

そして四月九日、がんセンターで肝臓に二センチほどの転移が発見されたことがわかり、翌日には昭和大学病院で担当医師と今後の対策を打ち合わせることになったのです。

じつはがんの治療のために、手術の前から掛かりつけの医師に免疫療法を勧められていました。患者の血液を採取してがん細胞を叩く細胞を活性化させ、それを再び患者に戻すという療法です。そのために、がんが発見された時点ですぐに採血をし、リンパ節への転移が発見されてから点滴を受けていたのです。しかし、免疫療法はまだ確立された療法ではなかったようで、抗がん剤による治療も開始されることになりました。

いまになって考えれば、膵臓がんが肝臓に転移しているということは、ほぼ絶望的な状態だったということだったのかもしれません。それでも定期的に抗がん剤を点滴され、CTの検査で病状を確認するという生活はある種の日常になっていきました。奥さんは肝臓のなかにある病巣にがん太郎という名前をつけ、「がん太郎くん、そこにいてもいいから、あんまり暴れないでね」と言い聞かせていました。

抗がん剤の点滴のたびにひどく体調を崩し、その影響が弱くなってきて落ち着いてくるとまた点滴で体調を崩してしまうという繰り返しのなかで原稿を書き、家族のために料理を作るという生活は続いていました。

それでも、まだ多少は元気だった二〇〇八年の夏、思いきって蓼科《たてしな》の別荘に行くことにしました。

私と奥さんとで車で先発し、電車で義母と息子があとから合流するという旅程です。初日は少し楽をしようということで、蓼科湖畔にあるホテルに投宿しました。奥さんは蓼科湖のほとりの木のベンチから湖を眺めているのがことのほかお気に入りでしたが、この時も私が湖の風景や奥さんの姿を写真にとったりしている間も、一人でいつまでも飽かずに湖面を眺めていました。蓼科の別荘にまつわるさまざまな出来事を、湖を眺めながら思い出していたのかもしれません。

木原敏江さんの蓼科の別荘に遊びにいって自分も別荘を持とうと思ったときのこと、真冬の零下二十度という寒さにダイヤモンドダストを見て感動したこと、バンドの仲間と一緒に演奏をしたこと——別荘にはドラムやキーボード、アンプなど一通りの楽器がそろえてあります——芝居の公演の打ち上げに大勢のキャストやスタッフと大騒ぎをしたこと、小説講座の中島塾の特別授業で二十人ほどの塾生が別荘に集まったこと、別荘を持ってから二十年の歳月のあいだにはいろいろなことがありました。

奥さんが亡くなった年の翌年の秋、アニメ版グイン・サーガのスタッフの人たちと蓼科に行ったのですが、その時には奥さんのすわっていたベンチはなくなっていました。初めて蓼科湖に来たときからずっとあった木のベンチは、傷んで撤去されてしまったのでしょう。

ホテルで一泊した翌日は、いったん別荘まで行ってからイギリスの庭園を模したバラクラ・イングリッシュ・ガーデンに行きました。ここもやはり奥さんのお気に入りの場所です。家には奥さんの趣味であちこちにカレンダーがかけてあるのですが、このバラクラ・イングリッシュ・ガーデンのカレンダーはその中でも欠かせないものだったのです。「村のお話」の女の子のおうちは、たぶんこのバラクラ・イングリッシュ・ガーデンの影響がとても強かったのでしょう。

その後で別荘地内のホテルでお茶をしたり、夜には奥さんが鍋をこしらえての夕食でした。まだ若かった頃は、たくさんの人が集まっては奥さんが料理を作ったりバーベキューをしたりしていたものですが、二人だけで静かに過ごす山荘の夜もまた、なかなかよいものでした。

翌日は茅野《ちの》の駅に到着した義母と息子を迎えに行き、諏訪湖までドライブにも行きました。大好きだったガラスの美術館に行っておみやげにガラスの装飾品を買い込んだり、諏訪大社にお参りに行ったりなどということもしました。もっとも、この諏訪湖へのドライブはそうとうにきつかったようで、別荘に戻ったときにはすっかり疲れ切ってしまいましたが。

二〇〇八年の夏頃までは、それでもそうして旅行に行くことが出来るほどには元気だったのでした。

九月に入り、『幻影城』の元編集長、島崎博さんの歓迎パーティがありました。

『幻影城』は江戸川乱歩賞受賞の前から奥さんが寄稿していたミステリ専門誌で、『紘の聖域』もこの雑誌で連載が始まったのです。しかし、連載途中で『幻影城』は倒産してしまい、転移、そして……。

島崎さんは故郷の台湾に戻ってしまいました。『幻影城』倒産の経緯はいろいろとあったのですが、やはりミステリ界への貢献はたいへん大きなものがありましたし、その島崎さんを顕彰しようということで会が開かれたようです。パーティでは奥さんはピアノを演奏して喝采《かっさい》を浴びていましたが、本人としてはじつは体調が悪くて不本意だったと言っていました。おまけに、どこだかの酔っ払った大学教授に文学談義で絡まれてひどく不愉快な思いをしてしまい、体調もすっかり崩してパーティが終わると早々に引き上げてしまいました。

『幻影城』の仲間達とも久しぶりにあったのですが、その場にいらした泡坂妻夫さんはその翌年二月に、田中文雄さんは四月に亡くなってしまいました。

体調はこの頃からますます悪化していきました。

抗がん剤の影響と思いますが食欲不振や腹痛に悩まされ、そのために夜も眠れないということが多くなってきました。もともと、不眠症の傾向はあったのですが薬を使って寝ることには抵抗があり、それまでは入眠剤を使うことはまったくなかったのですが、さすがにあまりにも眠れないために節を屈して処方された入眠剤も使うようになってきました。抗がん剤のために体力が落ちて風邪をひきやすくなっていたせいか、あるいはがんによる炎症のせいか原因はよくわかりませんが、しばしば熱を出すことも増えてきました。

この頃の毎朝の習慣は、白く濁った入浴剤を入れた風呂に入って、痛みをこらえて寝ているあいだの疲れをとることから始まりました。入浴剤を使うのはそれが気持ちよいということもありましたが、いちど透明な入浴剤を試したところ、手術の傷跡が見えるのがいやだから白い入浴剤に戻してくれと言われて、それ以来ずっと白い入浴剤となりました。以前に乳がんの手術を受けて、片方の胸が大胸筋まで切除されて皮膚の下の肋骨の形まで見える状態になっていたのですが、それについては奥さんはまったく気にすることはありませんでした。乳がんの闘病記を『アマゾネスのように』としたくらいで、修羅場をくぐり抜けた証として誇らしく思っていました。しかし、乳がんの手術の時のように、痛みに耐えて頑張ればやがて勝利が待っているという状態ではなく、回復の見込みも立たない闘病生活は奥さんの気持ちを弱らせてしまっていたのでしょう。

お湯に浸かった奥さんは、小さなプラスティックのアヒルの人形をよく浮かべていました。そのひとつは上海のホテルにあったもので、もうひとつは北京のホテルのものでした。そして、私は小さな黄色いアヒルの浮かんだ浴槽に浸かっている奥さんと、とりとめもない話をしていたものです。

風呂から出ると、奥さんはリビングの椅子に座り、私が奥さんの髪をブローします。髪の乾燥は我が家の方言のひとつとして「バオー」と言われ、「ではそろそろバオーをいたしましょうね」、などといっていました。それがすむと、奥さんが着替えてるあいだに私はベッド・メイクをします。我が家のベッドはいまの家に引っ越してきたときに横浜の元町で見つけた、巨大なクイーンサイズのベッドです。そして、そのベッドの上には「村のお話」に登場した「ひつじさん」「とんよう君」「とんた君」「ちびひつじさん」ほかたくさんのぬいぐるみが並びます。しかも、その配置はきちんと決まっているので、ベッド・メイクが一通りすむとぬいぐるみを正しく配置し、そして「シキワラが出来ましたよ」と奥さんに声をかけます。奥さんはベッドに入るとほっとしたように布団を掛けられ、私はそこで「東横線のお話」をしながらマッサージを始めるというわけです。

十月には私の還暦ライブがあり、奥さんは体調が悪いのをおして二ステージ演奏をしてくれました。出番が終わったところで帰る予定になっていたのですが、私の演奏する最後のステージまで残って、二曲でしたが聞いてもらうこともできました。

そうするうちにも奥さんの体調は次第に悪化して、体のあちこちが痛かったり食事が満足に出来ないことが日常になっていきました。カロリー不足に苦しみ、『転移』にも書いてあるエピソードですが、なんでこんなものを無理して食べなくちゃいけないんだろうと、カロリーを無理に補うために泣きながら深夜にフィナンシェを口にするなどということすらあったのです。

秋の早いうちに脱稿する予定だった伊集院大介シリーズの『スペードの女王』の書き下ろしは遅れに遅れてけっきょく中断してしまい、グイン・サーガもかつてのペースでは書けなくなってしまいました。

そして二〇〇八年から二〇〇九年に時が移っていきます。

一月八日のCTの検査では、病勢はさらに進んでいることがわかりました。肝臓に転移した腫瘍の拡大と数の増加、さらに腹水が出てきている上にリンパ節への転移もあるようでした。そのために一日ずっと寝て過ごすような日が多くなっていきましたが、それでも小説塾で講義をしたり、新聞や雑誌、またグイン・サーガのアニメのためのインタビューを受けたりしています。アニメのためのインタビューのあった日には、『転移』に掲載されている日記にこんなことを書いています。


なんとなく、インタビューをしていて、途中で「すべては夢だなあ」というような気分にとらえられる。結局小説を書いていない私というのは、「かりそめの存在」にしかすぎないのだろう。どれだけ一生懸命現世の人間のふりをしていても、やっぱりかりかりそめの存在なのだ。こうして戻ってきて、日記を書いているだけでも、「帰ってきた」感じがするし、もうグインの世界にゆく時間ではないけれども、とりあえず「トゥオネラ」だけはちょっとのぞいて、1行でもひとことでもいいから書いてから寝ようかな、などと思ったりする。結局のところ私の人生とは、小説のなかに封印されてしまったのだ。ほんとに、すべては夢、なのかもしれない。小説が本当で、あとのすべてのほうが夢なのかもしれない。

毎月のライブも続いていましたが、先の見通しが立たないというか予定を立てる気力もなくなってしまい、とりあえず四月十二日のライブが最後となりました。

加藤真一さんがベース、岡田佳大さんがドラム、そしてピアノが私の奥さんのピアノ・トリオです。テンポの速い曲は無理ということと、好きな曲にはバラードが多いということもあって、バラード中心でそれにオリジナル曲も入った選曲になりました。ゲストに水上まりさんがスタンダード・ナンバーやオリジナル曲で参加してくれました。オープニングは「Django」という曲でしたが、そこで奥さんはコードを間違え、ステージ横で聞いていた私があれっと思って奥さんを見ると派手に舌を出していたのが思い出されます。

この時のライブは体調が悪いのにもかかわらず素晴らしい出来でした。ローヴィング・スピリッツというレーベルの社長で、業界でも一目置かれる存在の富谷正博さん——この方も故人になってしまいました——から、「これならこのトリオでアルバムを出してもいいな」と言ってもらえてとても喜んでいました。

この月、私は胃がんの手術のために昭和大学病院に入院したのですが、手術が終わった後で集中治療室で寝ている私を車椅子に乗って見舞いに来てくれた奥さんの様子は、手術直後の私などよりもよほど辛そうでした。そして数日後、入院している私に奥さんから高熱が出たと電話があったのです。

ちょうど連休中のことで病院との連絡もうまく行かず、入院したのはそれからさらに数日たってからでした。本人は風邪をこじらせたと思っているようでしたが、医師の話では死んだがん細胞か腹水が炎症を起こしているのではないかということで、すでに余命幾ばくもない状態だったのです。

私の入院している病室と同じフロアの、これまでもいつも入っていた病室に奥さんは入院しました。私も奥さんの部屋に行って話をしたり、二人とも調子がよいときには、私が食事を持って奥さんの病室へ行って一緒に食事をすることもありました。とはいえ、奥さんは体調が悪いばかりではなく意識も次第に混濁していってしまいました。

私のほうはほぼ順調に回復し、多少の遅れはあったものの退院ということになりました。しかし、いったん家に戻ってから天狼の事務所に行き雑用を片付けた私は、またすぐに病院に戻りました。私にしても退院したばかりでまともに食事もとれない状態でしたが、自分のことなど考えるどころではありません。

病院に到着すると私と奥さんは医師から病状についての説明を受けることになりました。それによると、高熱はやはり壊死《えし》した組織によるものであること、あまりはっきりとは言われませんでしたが、もはや数日から数週間の命だということだったのです。その説明の後で担当の看護師さんからも話がありましたが、奥さんを励まそうといろいろと話されるのが正直のところとても煩《わずら》わしく、奥さんと二人で話すのを邪魔されてしまったように感じてしまいました。とても親切な気持ちの優しい方だったのだと思いますが、たぶんその時には人の気遣いをありがたいと思う余裕すらもなかったのでしょう。

その晩、家で寝ている私に奥さんから電話がありました。医師の説明を受け止めかねているけれど、もう少し時間がたてば受け入れられるだろうというようなことを言っていました。しかし、それはまもなくこの世を去らねばならないという運命を受け入れるということに他なりません。私にはそれにまともに答えることが出来ず、いい加減な返事をしてはぐらかしてしまったような気がします。奥さんからはそのこととは別に、ピーターラビットと女の子のおうちを持ってきてほしいと言われました。ピーターラビットはがんセンターに私が持って行ったピーターラビットの人形で、女の子のおうちというのは、「村のお話」に登場する女の子の家として買ってきた小さなミニチュアの家です。

そうした日々にも、奥さんは日記を書き続けていました。ただ、ノートパソコンの操作が思い通りに出来なくなってしまったので、手書きで日記を書くからノートを買ってきてほしいと言われました。

転移、そして……。

そして久しぶりに手書きで日記を書き始めたのですが、それも十五日に少し書いて十六日には中断してしまいました。その日記を書いているところを私は見ていたのですが、少し書いては意識が遠くなって中断し、我に返って続きを書こうとしてはまた意識が遠ざかってしまうというぐあいで、最後の断片は『転移』にも掲載されていますがこんな風でした。

…自分はダメだ。書いている最中に気がつくと…夢に………………それにそ…　まあ……に　これはこれで夢の………と思ってる。世界中を………

いよいよ、意識もほぼなくなってしまったようです。この日記を書いた翌日のことですが、「病室で女の人がお化粧をしているのを見た」と言っていました。

後でノートパソコンに同じ日に書いたとおぼしき日記がありましたが、それは「ま」の一字の後に改行マークがずっと続いているというものでした。おそらく「まだ……」などという文章を書こうとして力尽きて、改行キーに指が載ったままになってしまったのでしょう。改行マークがしばらく続いたあとに〝」〟がありましたから、改行キーのすぐわきにあった〝」〟のキーに指が移動し、そのまま止まってしまったのだと思います。それにしても、そのファイルが保存されていたというのは驚きで、原稿を書いたそばからCtrl＋Sで保存するという習慣が身に染みついていたためなのだろうと思います。

それから数日後、やはり「村のお話」に出てくるお蔵のおうちを私は病室に持って行きました。お蔵のおうちは小説を書くお話の人、経理を担当しているケチの人、記録魔の記録の人などが住んでいる土蔵作りの家です。奥さんが亡くなることがあったら、女の子のおうちだけではなく、お蔵のおうちもなければと思って私はそれを用意したのでした。

私は眠ったままの奥さんに「村のみんながお夢の国へお出かけしていくのに、ヘコラさんは取り残されてしまいますね。でも、ヘコラさんも後からまいりますよ」と話しかけていました。奥さんはそれが聞こえたのか目を開いてはいましたが、その話が理解出来ていたかどうかはわかりません。ちなみに、ヘコラさんというのは、「村のお話」の中での私のことです。

亡くなる二日前の二十四日、Aさんがお見舞いに来てくれていました。私の奥さんは決して誰とでも心からうちとけられる人ではありませんでしたが、Aさんはまさに親友と言える唯一人の友達でした。Aさんはそれまでにも何度もお見舞いに来てくれていたのですが、この日は奥さんはすでにまったく意識がない状態でした。

私は、奥さんに聞かせてほしいと水上まりさんに頼まれた音源をノートパソコンに入れて持ってきていました。奥さんの書いた歌詞の「ローズ」を水上さんがライブで歌った物です。ノートパソコンからその歌が流れだしたところで、Aさんと私が見ているまえで奥さんはふと目を開きました。そして、何か言おうとする様子を見せたのですがそこで目を閉じ、そのまま二度と目を開くことはありませんでした。

昏睡状態が翌日もずっと続き、そして五月二十六日、私の奥さんは亡くなりました。

終章

奥さんが亡くなってこの原稿を書いている今日で、ほぼ九年と半年が経っています。

あの時からしばらくは、私はいっぽうでは葬儀や三田にあった事務所の撤収、それに遺産相続の手続きとそのための奥さんの資産の掌握などに忙殺されていました。胃の全摘手術を終えたばかりで、まともに食事もとれない状態でしたし、手術前はそれでも五十八キロあった体重が四十八キロまで落ちてしまうというありさまで体力もまったくなくなっていました。

奥さんや私の友人たちの助けがなかったらどういうことになっていたかと思うとぞっとするほどです。事務所の片づけには奥さんの主宰していた小説塾の生徒さんたちにもずいぶん助けていただきました。それでも、天狼プロダクションの事務所を切りまわしていたのは私だけでしたし、私は奥さんの資産については一切関わっていませんでしたから、相続にしてもどこからどう手を付けていいものやら途方に暮れる状況でした。よく切り抜けてこられたものだと、いまでも不思議に思えるほどです。

しかし、そうして無我夢中でやらなければならないことを片づけるいっぽう、陳腐な表現ですが半身を失ったような喪失感にとらわれて呆然としてもいました。三十年という、当時還暦を迎えていた私にとっては一生の半分にもあたる年月を過ごしてきた奥さんが存在しなくなったのです。その頃の私は、自分の一生はもうこれで終わった、あとは余分なものに過ぎないと感じていました。胃を全摘されたおかげで酒に溺れるということはありませんでしたが、もしもあの時、私が健康だったらアルコールに現実逃避して、いま生きていることはなかったのではないかという気すらします。

半身を失ったと書きましたが、それは最愛の妻を失った悲しみなどという、ある意味で甘やかと言えるようなものではありません。三十年の歳月のあいだには、激烈な衝突も不信も失意もありましたが、あえて言えば忘れ去ってしまいたくなるほどのネガティブな要素もありながらの三十年への思いです。そしてまた、なくなったことで愕然とするような日々の些細なこともありました。

奥さんが闘病中はただでさえ眠りが浅いばかりでなく、ちょっとしたベッドの揺れがあっても体が痛むという状態だったので、クイーンサイズの大きなベッドとはいえ一つのベッドですから、少しでも揺らしてしまわないように、私は細心の注意を払ってベッドに入らなければなりませんでした。ところが、奥さんが入院した後に退院して家に戻った私は、なにも注意を払うことなくベッドに入ることが出来ました。それは解放感と、そう出来てしまうことへの違和感が混在したもので、亡くなった後ではその違和感が喪失感に変わりました。私にとって半身を失うということは、そういうことであったのだと思います。

あふれんばかりの才能を持ち、ベストセラーを出しつづけた成功者であり、毀誉褒貶はありながらもたくさんの人びとに栗本薫・中島梓として知られていた存在、社会的にはそれが私の奥さんでした。しかし、私にとっては喜怒哀楽の激しくて気難しい、一緒に暮らすには大変ではありますが刺激的であり、またとても優しかったり剽軽であったりする面も持った身長百四十八センチしかない奥さんなのです。家の外ではどれほど大きな存在であろうとも、家のなかにいれば一人の人間です。私も結婚した当初は、きらびやかな才能に包まれた気鋭の作家と暮らしているという気持ちがあったように思います。しかし、やがて子供が生まれ、公式的な表の顔とは裏腹なところを目にすることが多くなるにつれて、どうしても身内としてのみ見てしまうようなところはありました。

奥さんが亡くなった時は、まさに親兄弟よりも近い、私にとって大切な大切なあずさが死んでしまったのです。稀有な才能が失われたわけでも、グイン・サーガが未完となってしまったわけでもなく、私の奥さんがいなくなってしまったのです。半分は夢うつつのような、あまり現実感のない状態のままで事務的な作業に忙殺されているうちに葬儀は済み、納骨も終わりました。

奥さんの位牌と写真は仏壇代わりの小さなデスクに置かれるようになり、そして私はその写真に向かって「あずさがおりませんよ」と泣いていることもありました。

私は月命日には欠かさず――数日ずれることはありますが――お寺に参ってからお墓参りに行くようになりました。しかしそれは菩提《ぼだい》を弔《とむら》うというのとは少し違う気がします。私は死後の世界があるとは思っていませんし、人は死んでしまえばその存在はなくなってしまうと思っています。奥さんにしても、あの世で待っているわけではなく虚無のなかに去っていってしまったのだと、ほんとうは私は思っています。それでも月命日にお墓に通っているのは、三十年の歳月を過ごした奥さんとの絆をいつまでも持っていたいという、そんな気持ちからなのです。

しかし、時が経っていくうちに私の奥さんに対する気持ちは少しずつ変わっていきました。身内としての思いはもちろん残ってはいますが、次第に強くなっていったのは、私はなんという人と一緒に暮らしていたのだろうという思いです。

きっかけの一つは、『幻影城』という推理小説誌の終刊号が刊行されたことでした。編集人の野地嘉文さんという方から、『幻影城』に掲載されていた京堂司名義の作品が、じつは栗本薫のものなので掲載の許可をお願いしたいという連絡をいただきました。私もそのことはまったく知りませんでしたが、もちろん掲載については了解いたしました。それと同時に、せっかくなら京堂司名義の作品をすべて刊行することは出来ないかと考えました。しかしショートショートばかりが十二篇あるのみなので、通常の出版をするにはあまりにも原稿量が足りません。どうしたものかと思っているところに、ボイジャー社が電子出版の編集と出版のサポートをしていることを知り、そこから『京堂司掌編全集』というタイトルで配信をしました。それに続いて、奥さんが神楽坂倶楽部というホームページに載せていたエッセイをまとめたり、絶版になっていた『小説道場』の電子版での再刊を始めたのです。

さらに小学館から『栗本薫・中島梓傑作電子全集』として奥さんの全集が出版されることになり、私も思い出をつづったエッセイを連載することになりました。また、この全集は担当編集者の方と編集協力スタッフの尽力によって、葛飾区立中央図書館に寄贈されていた原稿が綿密に調査され、短篇「ラザロの旅」のほかいくつもの未発表原稿が発見されるなどの貴重な成果もありました。

そうしたことが重なっていくうちに、私は奥さんを不世出のクリエイター＝栗本薫・中島梓として再認識することになっていきました。

私の奥さんという人は、四百点を超える著作を書き、二十本ものミュージカルに携わり、ミュージカルのための数百曲の曲を作詞・作曲し、没後に四百字詰め原稿用紙にして二万枚以上にものぼる未発表原稿を残した栗本薫・中島梓という存在であること、そのことを改めて認識したということです。もちろん、さまざまな評価があるのは当然でしょう。ことに後半生の活動について批判の多いことも承知しています。しかし、これだけの作品を残すことの出来た人間がほかにいたでしょうか？　そして、私の奥さんは世間の評価などとはまったく関係なく、まさに書くこと、表現することに特化してしまった存在だったのです。

さきほどふれた「ラザロの旅」には、こんな一節があります。

読者がいるから書くんじゃない。註文があるから書くんじゃない。書きたいことがあるから書くのでさえない。そんなつまらぬ理由で書くものか。何故かは知らず、ものを書かなくては生きていけないようになっていたのだ。誰も読んでくれないときも、註文などひとつもなくても書いた。読者がいても、註文があってさえも私は書く、ただそれだけのことだ。書くなかみは書きながら探してゆく。書くことがなくなれば紙に《あいうえお。かきくけこ》とだって私は書く。そう生まれついたから私は書く。節操なんかない。恥もない。そんなものがあるのは人間だ、だが私は人間でさえない。私は《書キタイ》という妄執、そのものだ。

まだ江戸川乱歩賞も受賞していなかった、本当に若い頃の文章ではありますが、それは客気に満ちた若気の至りなどではなく、奥さんという人に深く根ざしたものであり、最後まで《書キタイ》という妄執と共に奥さんはあったのだと思います。「村のお話」では、お話の人にお蔵のおうちの地下の小さなパソコンデスクのある部屋に納まってもらうことで、その妄執にしかるべき場所に落ち着いてもらいました。しかし、《書キタイ》という妄執はまさに死の間際になってもとどまることはなく、一枚でも一字でも書きつづけていたいという言葉のまったくそのとおり、意識もほぼ失われた状態での『転移』に残された絶筆となりました。

還暦から古希までの十年の時をかけて、私は奥さんが私の身内であることと同時に、栗本薫が《書キタイ》という妄執であったということをようやく納得出来たような気がします。これからも、体がいうことをきくうちは月命日の墓参は続けるつもりですし、栗本薫・中島梓という存在のあったことを伝えていく努力も続けていくつもりです。

伝えていくことに関して、念のため書いておかなければならないことがあります。

ひとつは、『グイン・サーガ・ワールド』というムックが出版されたときに、私は奥さんの日記の一部を引用しましたが、これについてプライベートな日記を公開するなど、なんてひどい仕打ちをするのだろうという投稿がネットにありました。しかし、それは奥さんの本意でないことをしたわけではまったくありません。書き残された遺書にはこう書かれていました。

私の記録してきたおびただしいさまざまな記録、ダイアリー、日記、そのほかのものは資料になるならば使用していただいて結構です。非公開にする必要はありません

また、グイン・サーガの続篇を他の作家さんにお願いするというプロジェクトを立ち上げたときにも、ずいぶんと反対がありました。私にしても、グイン・サーガは栗本薫の書いた『見知らぬ明日』で終わったものと思っていましたから、続篇が書かれることなど思いも寄りませんでした。しかし、誕生三十周年記念＋アニメ化記念新装版の八巻『帰還』のあとがきを読んでその考えは変わりました。通常でしたら奥さんの原稿はメールで私に送られ、私はそれを読んだ上で出版社に送るという手順を踏んでいたのですが、このあとがきに限っては入院中だったために直接出版社に送られていたので、私は完成本で初めて読んだのです。そのあとがきにはこう書かれていました。

毎回引き合いに出す「炎の群像」のなかで「物語は終わらない」という、エンディング

・テーマのなかのことばがあり、それが私はとても好きだったのです。「グイン、物語いま、グイン、語りつぐため　人は　歌い出す　はるかな時をこえて」――これはそのエンディング・テーマの歌詞の一節で、今回のアニメのエンディング・テーマとはまったく違うものですが、このフレーズは自分的にとても気に入っていて、本当を云えば自分がもしかなり早く死んでしまうようなことがあっても、誰かがこの物語を語り継いでくれればよい。どこかの遠い国の神話伝説のように、いろいろな語り部が語り継ぎ、接ぎ木をし、話をこしらえ、さらにあたらしくして、いろんな枝を茂らせながら、それこそインターネットが最初空想していたような大樹になってもよいではないか――などということも昔ぼんやりと夢想していたこともあります。

著作の数とそれをまた遥かにしのぐと思われる日記・手紙・ネットへの投稿・備忘録などがどれほどの量があったか、それは推計することも出来ませんが、かりに四百点の著作に付き四百字詰め原稿用紙で平均五百枚の原稿を書き、さらに本にならない書かれた文字がそれと同じだけあったとして、合計で四十万枚、文字数にすれば一億六千万字となります。まさに《書キタイ》という妄執そのものであったのでしょう。

ここまで書いたところで、ふと思い出したことがあります。

二〇〇七年の暮に初めて入院した時のことでした。面会時間が終わり家に帰るために、私はエレベータに乗って駐車場に向かいました。駐車場は地下二階にあるのですが、駐車場から病院に入るためには地下二階の駐車場階から地下一階まで上り、そこでエレベータを乗り換えるようになっています。帰りは逆に地下一階で乗り換えて駐車場に行くのですが、エレベータには地下一階ばかりでなく地下二階というボタンもありました。駐車場直通のエレベータもあるのだと思った私は、地下二階のボタンを押しました。しかし着いたのは駐車場とはべつの区画、霊安室でした。

それから一年と半年後、私の奥さんはその霊安室に横たわっていました。かたわらには、私がプレゼントした女の子のおうちの小さなミニチュアハウスや、お蔵のおうちもありました。お気に入りだった氷山に乗ってやってきたホッキョクグマさんや、なかよしなかよしのバクさんのぬいぐるみもありました。そうしたお気に入りにかこまれて眠ったように横たわっている奥さんは、ちょっと笑っているような、とても安らかな顔をしていました。

さまざまな葛藤にさいなまれ、しばしばひどいストレスにさらされていた私の奥さんを見ているときに、この人はほんとうに生きていくことが辛くて大変なのだと私は思ったものでした。怒りの衝動に突き動かされ、それをコントロールすることも出来ずに苦しんでいる奥さんにとって生きることは苦行でしかないようにしか見えませんでした。

その奥さんが、ほっとしたように微笑んでいる顔を見た私は、思わず、大変だったね、おつかれさまでした、と話しかけました。

世界《せかい》でいちばん不幸《ふこう》で、
いちばん幸福《こうふく》な少女《しょうじょ》

二〇一九年四月二十日　印刷
二〇一九年四月二十五日　発行

著　者　今岡《いまおか》　清《きよし》
発行者　早川　浩
発行所　株式会社　早川書房

郵便番号　一〇一 - 〇〇四六
東京都千代田区神田多町二ノ二
電話　〇三・三二五二・三一一一（大代表）
振替　〇〇一六〇 - 三 - 四七七九九
http://www.hayakawa-online.co.jp

定価はカバーに表示してあります

印刷・株式会社亨有堂印刷所　製本・大口製本印刷株式会社
JASRAC 出1902502－901
ISBN978-4-15-209858-0 C0095